中华文史故事 第三辑

喜剧故事

◎ 张巨才 主编
胡明伟 齐良 编著

中州古籍出版社
·郑州·

图书在版编目(CIP)数据

喜剧故事 / 张巨才主编. — 郑州：中州古籍出版社，2019.1
(中华文史故事)
ISBN 978-7-5348-7009-5

Ⅰ.①喜… Ⅱ.①张… Ⅲ.①历史故事-作品集-中国 Ⅳ.①I247.81

中国版本图书馆 CIP 数据核字(2017)第 078148 号

出版社：中州古籍出版社
　　　　(地址：郑州市经五路 66 号　邮政编码：450002)
发行单位：新华书店
承印单位：河南瑞之光印刷股份有限公司
开本：640mm×960mm　　1/16　　印张：18.5
版次：2019 年 1 月第 1 版　　印次：2019 年 1 月第 1 次印刷

定价：32.00 元
本书如有印装质量问题，由承印厂负责调换。

目　录

关云长单刀赴会
　　——《单刀会》……………………………………… 1

赵盼儿救风尘姊
　　——《救风尘》……………………………………… 9

谭记儿智斗衙内
　　——《望江亭》……………………………………… 16

黑旋风负荆请罪
　　——《李逵负荆》…………………………………… 23

看钱奴繁华成梦
　　——《看钱奴》……………………………………… 29

墙头马上现钟情
　　——《墙头马上》…………………………………… 38

李玉英错送鸳鸯被

　　——《鸳鸯被》……………………………… 49

秋胡桑园戏梅英

　　——《秋胡戏妻》…………………………… 57

沙门岛张生煮海

　　——《张生煮海》…………………………… 68

张生莺莺会西厢

　　——《西厢记》……………………………… 74

幽闺佳人拜月亭

　　——《幽闺记》……………………………… 102

忘恩负义中山狼

　　——《中山狼》……………………………… 132

花木兰替父从军

　　——《四声猿》……………………………… 142

女状元辞凰得凤

　　——《四声猿》……………………………… 150

荒唐世界荒唐事

　　——《歌代啸》……………………………… 157

卢至因悭破家私

　　——《一文钱》……………………………… 171

功名富贵都是梦

　　——《邯郸记》……………………………… 178

齐人乞食东郭外
　　——《东郭记》……………………………………… 187
陈妙常情系玉簪
　　——《玉簪记》……………………………………… 206
绿牡丹巧助良姻
　　——《绿牡丹》……………………………………… 229
风筝题诗结奇缘
　　——《风筝误》……………………………………… 249
众美妇同嫁村郎
　　——《奈何天》……………………………………… 268
周腊梅斗糊涂官
　　——《打面缸》……………………………………… 284

关云长单刀赴会
——《单刀会》

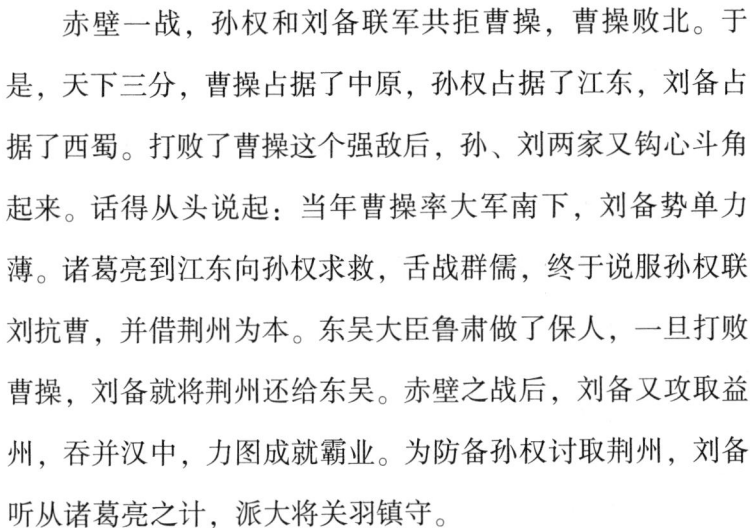

赤壁一战，孙权和刘备联军共拒曹操，曹操败北。于是，天下三分，曹操占据了中原，孙权占据了江东，刘备占据了西蜀。打败了曹操这个强敌后，孙、刘两家又钩心斗角起来。话得从头说起：当年曹操率大军南下，刘备势单力薄。诸葛亮到江东向孙权求救，舌战群儒，终于说服孙权联刘抗曹，并借荆州为本。东吴大臣鲁肃做了保人，一旦打败曹操，刘备就将荆州还给东吴。赤壁之战后，刘备又攻取益州，吞并汉中，力图成就霸业。为防备孙权讨取荆州，刘备听从诸葛亮之计，派大将关羽镇守。

孙权见刘备兴起，心存忧惧，时常向鲁肃说起荆州一事，后悔当初把它借给刘备。鲁肃听见主公要讨还荆州，一时间羞愧难当。"想当初我鲁某做保将荆州借予刘备，刘备不但不还，还派重将关羽镇守，俨然荆州成了你家基业。如果周瑜将军还活着，一定会嘲笑我。我这个保人受气，接连

派人去向刘备讨荆州,刘备借故推托。看情形,只有用武力来索取荆州了。"于是召来大将黄文,与他商议。鲁肃当下对黄文说:"刘备占据荆州不还,我思虑再三,已想好三条计策,要禀告主公,就说关羽韬略过人,素有兼并之心,又占据我国上游,不如用计索取荆州。第一计:趁今日孙、刘结亲,已为唇齿之交,就在江下排宴设乐,写信给刘备,称贺他退曹兵取汉中,邀请关羽来赴会,他一定不会怀疑。如果关羽渡江赴宴,我就在酒席上,以礼索取荆州。如果他答应归还荆州,万事皆休。如果他不肯归还,就使用第二计:将江里战船全部扣押,不放关羽回去。关羽留在我方时日一长,知道中了计,也就只能归还荆州。如果这样他还不肯归还荆州,那就使用第三计:预先在壁衣内暗藏甲士,趁酒酣之际,击金钟为号,伏兵齐出,擒住关羽,将他囚禁在江东。他是刘备亲信,刘备如肯归还荆州,就放关羽回益州;如不肯的话,荆州守将已失,我军乘势大举出击,定可夺回荆州。"黄文听了,连连叹服:"大都督之计万无一失。"

　　鲁肃设计后,便派黄文去请乔公来商量。乔公来到,鲁肃亲自迎接。"大都督,今日请老夫来,有什么事?""请老相公来商量索取荆州一事。"

　　乔公摇头说:"这荆州断然不可取,那关羽勇猛无双。"鲁肃道:"我这里有雄兵百万,战将千员,哪里把他放在眼里!再说关羽年迈,虽勇无谋,怕他什么!"乔公说:"你休言关羽年纪大。他诛文丑、斩颜良,于百万军中取敌将首级如探囊取物,你要同他厮杀啊,需多披上几副甲。"鲁肃心中不悦,又说出自己定的三条计策:"我有三条妙计,不愁索不回荆州。"乔公说:"休说是三条计,就是千条计,也奈何不了他。你这三条计比当年曹操在灞陵桥上的三条计如何?曹操千般计较,只落得一场谈笑,老夫劝你不要焦躁。"说完,告辞而去。

鲁肃不以为然,对黄文说:"黄文,你听乔公说关羽如此威风,我却不信。我想那司马徽与关羽有一面之交,就请他当说客,在酒席上劝说关羽。你和我一同去拜访司马先生。"

鲁肃和黄文来到司马徽草庵。司马徽出门相迎:"贫道稽首。数年不见,今天什么风把大都督吹到草庵来了?"鲁肃道:"小官无事不来,特请先生到江下赴宴。"司马徽心想:"我是个方外之士,一向在此修行,素不与官场往来,怎么无缘无故请我赴宴饮酒?我且问个明白。"便问道:"大都督,我是个方外之士,为什么请我赴宴?座中有什么人相陪?"鲁肃说:"别无他客,只有先生故友汉寿亭侯关云长。"

司马徽一听,明白了其中奥妙:"他是请我去当说客,哪里是让我们故友相会?我与关云长只一面之交,谈不上是什么故友。鲁子敬用心可疑。"当下便推辞说:"如有关公,

贫道风疾速发。去不得！"鲁肃道："先生刚听说我鲁肃相请，欣然答应；为什么一听说有关公，就力辞不往？我只是想先生与关公有一面之交，请你席间劝几杯酒，别无他意。"司马徽说："你虽说安排了酒肉，请我劝酒，我则怕他酒席间发怒，让你我尸首不全。你不怕，我害怕。"鲁肃说："以酒劝人，并无恶意。关公何至于发怒动刀？再说先生是客人，谅他也不会加害于你。"

司马徽见推辞不过，便说："大都督，你既然执意要请关云长，如肯依贫道三件事，你便请他，我也作陪；如不肯依，你就休请他，我也不去。"鲁肃见话有转机，便连忙问道："先生你说，我听。"司马徽道："关云长下马时，你和我躬身问候，你肯依吗？""我肯。""关云长饮酒时，你和我跪着劝酒，饮则饮，吃则吃，他说东我们就东，他说西我们就西，他醉了我们就走。""这个，这个，也依你。""最要紧的是，你不要提索取荆州之事。这个你肯依吗？""我就提一提，有什么关系？我想关羽有勇无谋，到时，我不仅要谈及索取荆州一事，还要擒住关羽。等不到他发怒，我已先下手为强。"

司马徽见鲁肃不肯依自己三事，也就不再多费口舌，让道童送客："大都督，休怪我不曾劝你。"

鲁肃见乔公、司马徽尽力说关羽勇猛，心中不服："我三条妙计已定，怕他怎的！"便让黄文持柬去荆州请关公赴宴。

黄文来到荆州，向关羽说明来意。

关羽对黄文说："黄将军，烦请你转告大都督，就说关某即日渡江赴宴。"关平把黄文送出辕门。

黄文回报鲁肃："大都督，关羽答应赴宴。"鲁肃欣喜异常，道："荆州合归我江东，黄文你去准备，就在壁衣后埋伏下甲士，等我击钟为号，捉住关羽。再派人到江边等候关羽，见船来到，就报告我。"黄文奉令行动。

再说荆州城关羽军营里，关羽手拿请柬，凝神思索，关平、关兴、周仓侍立左右。

关羽开口对关平说："孩儿，鲁子敬请我赴宴，我必须去一趟。"关平道："父亲，他那里准备的定是鸿门宴。""不妨事，我知道鲁肃没安好心。他安排下打凤牢笼，准备着天罗地网，并不是待客筵席，而是杀人战场。筵前摆列英雄将，等待我关云长去闯。既然鲁肃相邀，我便亲身去一趟。"

关平深知鲁肃足智多谋，江东兵强马壮、人多将广，免不了为父亲担忧："父亲，你去赴宴，岂不正中他圈套。孩儿认为，不如不去赴会，而是调集兵马，从水路、旱路来个先下手为强，杀他个天翻地覆，血流成河。"关羽道："孩儿休虑。若论厮杀，为父豪气三千丈。大丈夫敢勇当先，一人拼命，万夫难挡。纵使他筵间有埋伏，纵使他摆下战场，我也如当年千里独行，五关斩将，我是三国英雄关云长，大不了再来个诛文丑、斩颜良。孩儿，你去准备船只，与关兴小心守护城防，我带周仓渡江去赴会。"

关羽、周仓渡江赴会，关平、关兴随后往江边接应。

关羽、周仓来到长江中流。关羽见茫茫大江，顿时豪情万丈，唱道："〔双调·新水令〕大江东去浪千叠，引着这数十人驾着这小舟一叶。又不比九重龙凤阙，可正是千丈虎狼穴。大夫心别，我觑这单刀会似赛村社。"

"〔驻马听〕水涌山叠，年少周郎何处也？不觉的灰飞烟灭，可怜黄盖转伤嗟。破曹的樯橹一时绝，鏖兵的江水由然热，好教我情惨切！二十年流不尽的英雄血！"

周仓在旁听了，也不觉顿长精神，仿佛有罡风吹来，使人心神振奋。

关羽、周仓下舟，鲁肃前来迎接。互相寒暄后，鲁肃请关羽入席："将军开怀尽兴。"

酒过数巡，关羽说："大都督，你知晓'以德报德，以直报怨'吗？"鲁肃道："既然将军提起，我却要说将军仁、义、礼、智俱足，只可惜少了一个'信'字。如果将军能得全个'信'字，就是个完人了。"

"我怎么失信了？"关羽问。

"并非将军失信了，而是因令兄刘玄德失信，将军也至于失信了。"鲁肃有意把话题引深。

"我哥哥怎么失信了？"关羽故意问。

鲁肃答道："想昔日刘玄德当阳大败，身无所归，是我鲁肃让他屯军夏口。是我与孔明劝说我主公联刘抗曹。赤壁一战，我国又损失了首将黄盖，耗费数万钱财。只因刘玄德无尺寸之地，暂借荆州为养军之地，当年我做保人，可如今数年不还，今日我恳请将军送还荆州。"

"你请我来赴宴，为的就是索取荆州吗？"

"不敢，不敢。孙、刘结亲，两国正好和谐，我不敢说'索取'二字。"

"你别有意说孙、刘结亲，却又想让孙、刘成吴、越。"

"将军傲物轻信，枉作英雄。"

"这荆州是谁的？"

"这荆州是我江东的。"鲁肃振振有词。

"你且听我说，汉高祖开基兴业，汉武帝秉正除邪，汉献帝除董卓，汉皇叔把吕布灭。俺哥哥是皇叔，理当承继汉家基业。你这东吴孙权，和刘家是什么枝叶？这荆州是我蜀汉的。你休要强辩，恼犯我手中三尺无情剑。这剑曾诛文丑、斩蔡阳，莫不要等三遭轮到你！"

鲁肃见关羽动怒，命令臧宫奏乐。臧宫率甲士从壁衣后面拥出，围住筵席。

关羽伸手抓住鲁肃："你如敢让他们上来，我先一剑将你斩为两截。好好地送我上船，否则决不轻饶。"

鲁肃只得喝令伏兵闪开一条路，战战兢兢地送关羽、周仓往江边去。

黄文率兵拦截，鲁肃道："你来迟了，黄将军。"

关平、关兴率领众将迎接关羽。

关羽冷笑说："鲁肃，你体惜殿后，多谢你管待。告诉你，百心里趁不了老兄心，急切里倒不了俺汉家节。"

关羽一行解缆登船，乘风破浪而去。

鲁肃眼睁睁地望着关羽远去，垂头丧气。

赵盼儿救风尘姊
——《救风尘》

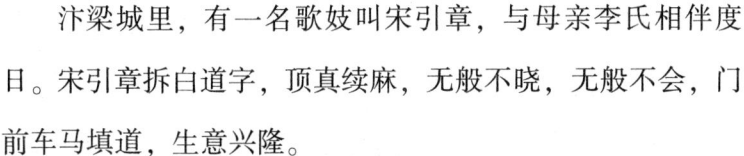

汴梁城里,有一名歌妓叫宋引章,与母亲李氏相伴度日。宋引章拆白道字,顶真续麻,无般不晓,无般不会,门前车马填道,生意兴隆。

宋引章有个相好叫安秀实。安秀实是洛阳人,自幼饱读诗书,满腹文章,曾到汴梁寻欢作乐,与宋引章相识。两人情深意长,宋引章要嫁安秀实,安秀实要娶宋引章。

无风起浪,郑州周同知的儿子周舍来到汴梁,听说歌妓宋引章才色出众,便想方设法哄骗她。周舍衣着华丽,手头宽裕,出手大方;安秀实衣着寒碜,虽有满腹文章,却囊中羞涩。宋引章权衡再三,弃了安秀实,一心向着周舍。

周舍要娶宋引章,李氏答应了这门亲事。

安秀实不胜愤怒,来求宋引章姊妹赵盼儿,说:"宋引章当初许嫁我,如今却要嫁周舍。请大姐劝劝她。"

赵盼儿道:"姻缘事不同一般。我想这姻缘匹配,少一时一刻强难为，全凭缘分。什么才算可意？怎样才相知？谁不希望拣个称心如意好郎君，谁不希望找个通情达理贤内助。挑来拣去百千回，要想嫁个老实的，则怕一世难成对，有话无处说；要想嫁个聪俊的，又怕半路里被抛弃！我见过先嫁的姊妹，还不曾过门几天，便被折磨得容貌似鬼，有苦无处诉，只能流泪再流泪。我见过了遭艰难受折磨的姊妹，也见过铁石心肠的男子。我宁愿一世孤眠独宿。我不想去劝她。"

"婚姻全凭缘，这道理我全知。只求你劝劝她。我先回去等候好消息。"安秀实离去。

赵盼儿来到宋引章家，问起她与周舍、安秀实之间的纠葛，劝她："你也该三思而行。你如今年纪小，我替你另寻个佳配。我是你姊妹，才劝你，我担心你受不了男儿气。你为什么要嫁周舍？"

"因为他知重我。"

"他怎样知重你？"

"夏天，他为我挥扇；冬天，他为我暖被；又为我置办了首饰衣物。他如此知重我，我才肯嫁他。"

"听你说完这些话，我忍不住要嘲笑你。你只知道这周舍情肠似蜜，我却预计你一旦到他家，少则半载，多则一年，他就会把你抛弃，拳打脚踢，让你一天到晚哭哭啼啼。到那时节，船到江心补漏迟。事要三思免后悔。既然我劝转不了你，妹子你以后若受苦，可别求我。"

"我不求你就是。"

赵盼儿、宋引章姊妹俩不欢而散。

赵盼儿去回复安秀实："我劝转不了宋引章，你且死了这份心。"安秀实道："我仍不甘心。"

宋引章被周舍娶回家，进门时就被打了五十杀威棒。

周舍不久就厌倦了宋引章，在别人面前诬蔑她："我让这小贱人给我套一床被子，我到房里，却见被子高耸。我问：'宋引章，你在哪儿？'只听被里有人应道：'周舍，我在被子里面。'我说：'在被子里做什么？''我套被子，把我翻在里头了。''我打你这个小贱人，连被子都不会套。''周舍，你不要打，休打着了隔壁王婆婆。''好啊，把邻居都翻在里面了。'你们说这小贱人多可气！"宋引章分辩："没有这样的事！"周舍道："我也不多说了。放仔细些，我手里只有打杀的，没有买休卖休的。"周舍说完，上酒肆饮酒去了。

宋引章默默流泪，心中后悔不迭："不听好人言，果有难言事。如今饱受打骂，他日岂不死在他手中？我写封信，求王货郎捎给我母亲，请母亲和赵姐姐救我。"便修书托王货郎带到汴梁。

宋引章母亲李氏接到信，只见信上写道："从到他家，进门便打了五十杀威棒。如今朝打暮骂，眼看要死。可急请赵氏姐姐来救我。"李氏心疼女儿,急忙来找赵盼儿:"姑娘,我着急。你妹子不听你的劝,嫁给了周舍,进门先被打了五十杀威棒,如今将被打死。写信求你救她。"赵盼儿道:"没想到当日所言不幸言中。只怪妹子有眼无珠,不辨好歹。周舍本是个薄幸人,引章却说他有恩爱,能结绸缪,指望天长地久,刚入门便事事都休。我本想撒手不管,谁让她当时不听我劝告。可是见死不救又不是我赵盼儿的本性,见死不救,岂不愧对桃园结义关、张、刘。我定要救她出苦海。"

李氏问:"如何救宋引章?还望姑娘明说。"

赵盼儿道:"我先修书一封,托王货郎私下交给妹子,让她知道我会去救她。我知道周舍是一个好色之徒,不是我说大话,他逃脱不了我这烟月手!我到了那里,他若肯写休书也就罢了;如不肯写休书,我自有办法对付他。我将他掐一掐,搂一搂,抱一抱,让他通身酥麻,让他鼻凹里抹了一块砂糖,让他舔又舔不着,吃又吃不着。赚得他写了休书,接回宋引章妹子,岂不是好事?"

李氏高兴而去。赵盼儿收拾停当,带一个男仆前往郑州救宋引章。

赵盼儿来到郑州一家旅店住下,店小二早听从周舍吩咐:"不问官妓私娼,只要漂亮。有,你就来告诉我。"店小二见赵盼儿风情万种,举止不俗,艳中带雅,连忙报知周舍:"店里来了个漂亮女人。"周舍忙说:"我和你去看看。"

周舍来到旅店，见赵盼儿，道："好一个婊子。"

赵盼儿见周舍来到，说："周舍，你来了，我妹子好福气，丈夫俊上加俊，年纪又轻。"

周舍认出了赵盼儿，怒目道："好呀，赵盼儿，当初你破坏我亲事，如今到这来干什么？"

"周舍，你坐下，听我说。我自从见你后，茶饭不思，一心想着你，听说你要娶宋引章，我岂能不恼？我本想嫁你，你却让我保亲，我怎能不嫉妒？你这人外表聪明，内里糊涂。如今我带着香车、奁具来投靠你，你却要打骂我，我如今就回去。"

"早知姐姐来嫁我，我岂会如此放肆。"

"你且守着我。"

"休说一两日，就是一两年我也守在你身边。"

周舍和赵盼儿在旅店中厮混。赵盼儿故意挑逗周舍，周舍心魂离窍，痴心迷恋赵盼儿，一连数天不回家。

宋引章接到赵盼儿来信，日夜盼望赵盼儿，听说赵盼儿来到郑州并且迷住了周舍，心下暗喜："赵氏姐姐定能救我。"便来旅店中见赵盼儿。

周舍正和赵盼儿坐在一处，宋引章指着他俩骂道："你这贱人好不知羞耻，竟敢到这里。周舍你不回家，我拿刀与你拼命。"周舍怒说："你欠打，我打死你这小贱人。"赵盼儿忙劝住："你如此粗暴，谁还敢嫁你？周舍，你真会使计谋，让你媳妇来羞辱我。我且回汴梁去。"周舍赶走宋引章，忙说："我真不知道她会来。"

赵盼儿回到座位上，说："周舍，宋引章既然不贤惠，为何不抛弃她而娶我？"周舍道："我回家就休了她。"转而一想，猛然觉得自己中计了，心里寻思："宋引章是我平时打怕了的，如给了她休书，她一道烟儿就跑了。这婆娘到时又不嫁我，我岂不是尖扁担挑东西——两头脱。且拴住这个婆娘再说。"便对赵盼儿说："我无见识，就如驴马。你且说个重誓，让我心中踏实。"赵盼儿道："如果我不嫁你，马踏死我。"周舍见赵盼儿赌了重咒，忙说："我买酒菜侍候你。"赵盼儿说："不必了，我香车中尽有，你的就是我的，我的就是你的。我这花朵似的身躯，我这嫩笋般的青春，全由你享用。"

周舍大喜，回家写了休书给宋引章："你快走，我见了你就心烦。"宋引章不走，说："我有什么不是，你休了我！"

周舍一把推宋引章出门，说："快走！"宋引章假装哭喊："周舍，你这个负心汉，害天灾的。"心下却暗自高兴："周舍，你这个痴汉，你真傻。赵盼儿姐姐，你真机灵。我拿着这休书去店中找赵盼儿姐姐去。"

宋引章谢了赵盼儿，姊妹俩坐上马车朝汴梁方向去。

宋引章把休书给赵盼儿看，赵盼儿将一纸假休书换过真休书。

周舍来到旅店中,却不见赵盼儿,发觉自己上了当,连忙追赶宋引章、赵盼儿。

周舍赶上宋引章、赵盼儿,喝道:"小贱人往哪儿逃?"

宋引章说:"周舍,你给我了休书,赶出了我,我不是你老婆了。"

周舍道:"休书上印有五个指头印的才是真的,哪里有四个指头的休书?你仔细看看。"

宋引章掏出休书,展开看,却被周舍一把夺过,撕个粉碎。宋引章大惊,忙喊:"姐姐,周舍撕碎了休书!"

赵盼儿来救宋引章,周舍拉住赵盼儿:"你也是我老婆。"赵盼儿道:"我怎么是你老婆?""你吃了我的酒菜,受了我的花红,你说过誓,要嫁给我。""我只是赌虚咒,卖空虚。"

周舍又拉住宋引章:"休书已毁,你跟我回去!"赵盼儿说:"你撕碎的只是假休书,真休书在我手里。"

周舍扯着赵盼儿、宋引章去衙门对理,郑州太守李公弼审理。赵盼儿私下派人告诉安秀实:"速去告官,娶宋引章。"

安秀实急忙赶到衙门,叫屈。李公弼询问其故,安秀实说:"我安秀实聘下宋引章,被郑州周舍强夺为妻,请大人做主。"

李公弼判宋引章归安秀实,杖责周舍。

安秀实与宋引章结姻。

谭记儿智斗衙内
——《望江亭》

谭记儿是学士李希颜的夫人。李希颜中年去世,谭记儿在家中守寡,没生一男半女,便每天到清安观同白姑姑闲谈,打发时光。

谭记儿每每想到李希颜在世时的好处,便禁不住伤心流泪:"做女人的,一旦没有了丈夫,身无所主,好苦哪!玉容寂寞泪难干,叹气声将片片飞花吹落如雨,泪可染竹成斑竹,我如今才二十余,怎肯凤只鸾单?"白姑姑时常开导她。

白姑姑有个侄儿叫白士中,前往京师应举求官去了,已有几年不通音信。

白士中应试及第,前往潭州为官,路过清安观,特地拜访白姑姑。

"姑姑,你侄儿授官潭州,特来探望姑姑。"

"侄儿,你媳妇好吗?"

"不瞒姑姑说,我媳妇已逝了。"

"侄儿，这里有个女人叫谭记儿，容貌出众，每日到我这观里闲谈。等她来时，我为你成就好事，你娶她做夫人，如何？"

"姑姑，恐怕不行吧？"

"你不用担心，全包在我身上。你且躲在壁柜后头。我以咳嗽为号，你便出来。"

当下两人商计已定，白士中便躲到壁柜后头，白姑姑等待谭记儿到来。

谭记儿来到清安观，向白姑姑说一声"万福"，白姑姑请谭记儿坐下。

"姑姑，我每日来打扰你。承蒙姑姑开导，我有心跟姑姑出家修炼，不知姑姑意下如何？"

"夫人，你哪里能出家？出家人生活艰苦，草衣木食，熬枯受淡。白天倒也好过，只是到晚上，一个人孤枕独宿，好生难过！夫人，你还不如早嫁个丈夫为好。"

"姑姑，出家人清静。我自从丈夫死后，再没个伴儿，世态人情，我早已看透。我如今洗净铅华，甘心粗茶淡饭，清静收心。"

"夫人，你平时享受惯了，我怕你吃不了苦，受不了罪。"

"粗茶淡饭，我甘愿尝，从今往后，我把心猿意马收，把荣华富贵等闲看。"

"夫人，凭你这一表非凡，还怕找不着中意的丈夫？只说出家多没劲儿。"

"姑姑，我也想过，如有似我先夫那样知重我的，我便嫁他。"

白姑姑一听此话，咳嗽一声，白士中从壁柜后头出来，向谭记儿作了一揖。

谭记儿见白士中突然冒出，忙向白姑姑说："姑姑，有人来了，我且回去。"白姑姑道："夫人，我正要与你做个媒人，他做你丈夫，岂不很好吗？"谭记儿道："姑姑，你说什么话！你暗藏着谁家男人？我和你几年交往，如今竟因这般荒唐事撕破脸皮。"白姑姑又劝："你们两个成就一对夫妻，岂不是件好事？"谭记儿道："你不怕玷污了七星坛？"白姑姑说："夫人，你不要这样装腔作势。白士中，谁让你到我这观里来？"

白士中在旁插嘴道："是这个小娘子叫我来此。"谭记儿恼怒，说："你用言语诬我，我至死也不随顺你。"白姑姑道："你要官休还是私了？"谭记儿道："官休便怎样？私了又怎样？"白姑姑说："你要官休啊，我告你不守节，领着男人上我观里打扰，到时三推六问，打坏你。你要私了啊，你正青春，他正年少，我做媒，成就你们俩，可不省事。"谭记儿道："也罢。只要他依我一句话，我就随他；若不依我，我绝不肯随他。"白士中说："休说一句话，便是一百句，我也依你。"谭记儿道："只要你一心爱我。"白士中忙表白："这个自然。"

谭记儿、白士中拜谢白姑姑。白士中道："亏了姑姑成就好事，我今日就携夫人同赴任所，到时另派人来谢你。"白姑姑说："侄儿，你一路上小心在意。"

谭记儿随白士中同去潭州。

再说杨衙内早垂涎于谭记儿，一心想娶她做个小夫人，没有想到白士中已将她娶了并携她到任所，心中怀恨，便启奏皇帝："陛下，今有潭州太守白士中贪花恋酒，不理公事。"皇帝下旨："就派你去取白士中首级，赐你势剑、金牌并文书，不得有误。"杨衙内忙带着张千、艄公李阿鳖，乘船赶往潭州。

白士中来到潭州后，治下百姓安居乐业。只是担心杨衙内怀恨报复，他心中忐忑不安。

这一天，白士中接到母亲派人送来的信，愁眉不展，心绪不宁，拿着信发愣。

谭记儿见白士中久不回后堂，心生疑惑，便来到公堂见白士中。

"相公。"

"夫人，有什么事？亲自到公堂。"

"请问相公，你为什么不回后堂？莫非你前夫人寄信来了。"

"夫人，我并没什么前夫人。我有一桩难以摆布的公事，愁闷满怀。"

"你且说来。"

"夫人,当日杨衙内要图谋娶你为妾,不料我娶了你做夫人,他怀恨在心,在皇上面前诬奏我。现今他带着势剑、金牌,星夜赶来潭州,要取我首级。所以我在此烦恼。"

"相公,我定让他竹篮打水一场空。你不必伤悲,我亲自去料理此事。"

"夫人,你去不得,他那里一定早做了准备。"

"相公,不妨事。我自有妙计,你且听我好消息。"

谭记儿自去打点。

杨衙内带着张千、李阿鳖来到潭州。此时正是中秋节,杨衙内三人弃船上岸,来到望江亭饮酒作乐。

谭记儿化装为一个渔妇,驾着一只小船,停泊在望江亭下。她手提一尾金色鲤鱼,上岸来,见了李阿鳖,忙说一声:"哥哥,万福。"李阿鳖道:"这个大姐,有些面熟。你不是张二嫂吗?"谭记儿随机应变,说:"我就是张二嫂,你怎么不认得我了?你是谁?""我是李阿鳖。""我打你这个龟儿子,这些时日你吃得好了,我想你。""二嫂,你见我可亲吗?""龟儿子,我怎不亲近你。你去告诉那位相公,让我给他切鲙,赚点儿钱钞。""我知道了,这就去告诉相公。"

李阿鳖引着谭记儿来见杨衙内,说:"有位张二嫂,要

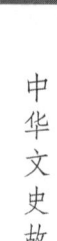

给大人切鲙。"杨衙内正忙着喝酒,问:"什么张二嫂?"谭记儿走上前,向杨衙内说一声:"相公,万福。"杨衙内抬头一看,忙笑道:"好一个女子。小娘子,你来做什么?"谭记儿说:"我拿这一尾金色鲤鱼,献给相公尝新。可给我砧板、刀子,我切鲙。"杨衙内道:"难得小娘子如此用心,怎让你动手?张千,你去整治鱼,我陪这位小娘子喝几杯。"谭记儿问杨衙内:"相公,你此来为了什么事?"杨衙内说:"我要办一件要紧公事,来潭州取白士中首级。"

张千把鱼端上桌,又给杨衙内满上一杯。杨衙内心花怒放,捏捏谭记儿手:"小娘子,我要娶你做妾。"谭记儿道:"相公如此钟爱,我就依了你。"杨衙内抓耳搔首,说:"小娘子,你和我慢慢地再饮几杯。""相公,为什么要杀白士中?""小娘子,你休问此事。"张千在旁插嘴说,"我家相公有势剑。"杨衙内道:"休给她看。"谭记儿撒娇说:"相公如果喜爱媳妇,就把这势剑借给我,我用它去整治鱼。"杨衙内道:"就借给你。"张千说:"我家相公还有金牌呢。"谭记儿又撒娇说:"这是个金牌,相公如果喜爱媳妇,用它给我打个金戒指。"张千说:"我家相公还有文书。"谭记儿又撒娇说:"这是个买卖的合同,我收了它。"谭记儿劝杨衙内:"相公,再饮一杯。"杨衙内舌头发直,说:"小……小……小娘子,酒……酒……酒够……够了。"倒头睡倒在酒桌上。张千、李阿鳖也醉了。

谭记儿怀揣金牌、文书,手持势剑,松开船缆,驶向潭州城,把金牌、势剑、文书全交给白士中。白士中破忧为喜,连声称赞:"夫人,你计谋高超,巧解危难。"

次日,杨衙内发觉金牌、势剑、文书全无着落,知道上当了,只得硬着头皮来到潭州府衙门。白士中端坐公堂,杨衙内垂头丧气,向白士中求饶:"相公,我饶了你的罪过,你也饶过我吧。听说你有个好夫人,请出来,让我见她一面。"白士中道:"左右,击云板,请夫人上厅。"谭记儿来到堂上,问:"杨衙内,你可认得我?"杨衙内贼眼转动数下,说:"有些面熟,却认不出来。"谭记儿道:"我就是那切鲙的张二嫂,只因你嫉妒我夫白士中,怀恨诬奏,巧借权势,要害良善,我只得改装渔妇,暗施计谋,巧赚你势剑、金牌、文书。如今你还有什么话说?"杨衙内低头不语。

皇帝派来察访白士中底细的巡抚湖南都御史李秉忠来到潭州府衙,将杨衙内问成杂犯,杖责八十,削职为民。白士中照旧供职。

黑旋风负荆请罪

——《李逵负荆》

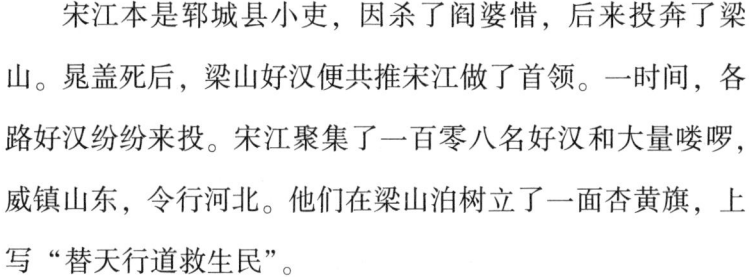

宋江本是郓城县小吏，因杀了阎婆惜，后来投奔了梁山。晁盖死后，梁山好汉便共推宋江做了首领。一时间，各路好汉纷纷来投。宋江聚集了一百零八名好汉和大量喽啰，威镇山东，令行河北。他们在梁山泊树立了一面杏黄旗，上写"替天行道救生民"。

梁山泊附近有个杏花庄，王林和女儿满堂娇在此开了一个酒店，梁山泊头领们都喜欢喝王林酿造的白酒。

这一天正是清明节三月初三，王林在酒店前张罗着。

两个汉子向酒店走来，一个是宋刚，一个是鲁智恩。这两个人是一对无赖，因为见梁山泊好汉深受百姓欢迎，便冒名为宋江、鲁智深，肆意胡为。

宋刚、鲁智恩来到酒店坐下，说："老王林，有酒吗？给我们拿来，我是梁山泊头领宋江，他是鲁智深。"王林忙道："哦，原来是梁山好汉，老汉有眼不识泰山，得罪了。"

宋刚又问："你家里还有什么人？"王林说："老汉只有一女满堂娇，今年十八岁，还未曾许人。既然好汉问及她，我就让她出来见好汉。"便向里屋喊道："孩儿，你出来一下，梁山头领要见你。"满堂娇从里屋出来："父亲叫孩儿有什么事？"王林说："梁山泊头领宋公明在此，你敬他一杯酒。"

鲁智恩见满堂娇长得眉清目秀，神采飞扬，便顿生淫心，说："老王林，算你造化。就把你女儿给俺哥哥宋公明做压寨夫人，只借你女儿三天，到第四天便送还你。这是红绢褡裢，且作定亲礼物。"说完鲁智恩、宋刚强行把满堂娇带走。

王林气得浑身战抖，却敢怒不敢言。等宋刚、鲁智恩走后，他自言自语："老汉一双眼睛，一对胳膊，守着女儿，却眼睁睁被人把女儿抢走。真气死我了。"

梁山泊好汉李逵来到杏花庄王林酒店。原来梁山泊有个规矩，每到清明节、重阳节，众头领便可以下山活动。李逵本是粗汉子，并不懂观赏风景，只喜欢喝酒。见众头领纷纷下山踏青，便耐不住寂寞，下山来喝酒。

此时，李逵进店，开口说道："王林，有酒吗？要热酒。"王林道："晓得。"一边斟酒。一边哭道："我的孩儿满堂娇啊，是我亏待你了。我不该让你出来敬酒。如今我一个人，可怎么好呀？"李逵不耐烦，拍桌子，说："快筛热酒来。你哭什么？扰了我酒兴。"王林又哭："我那满堂娇孩儿呀。"李逵道："老王林，难道我欠你酒钱？你这样烦恼。"王林赔礼，说："好汉，与你无干，我自有撇不下的烦恼。你吃你的酒。"李逵问："咱两个以前樽前话相投，今日你为何不理我？"王林说："我因女儿发愁。"李逵说："老王林，你难道不知世上有三不留：蚕老不中留，人老不中留，女大不中留。你女儿嫁了个什么人？"王林道："她嫁人倒也好，晦气的是一个贼汉强抢了她。老汉才哭哭啼啼。"

李逵一听"贼汉"二字，怒火上冲，一脚踢翻酒桌，说："老王头，你说得是，万事皆休；说得不是，我一把火将你这酒店烧成灰，把盛酒瓮摔作碎瓦瓯。"王林忙赔笑脸，说："好汉息怒。听老汉慢慢地说给你听。刚才有两人来我店中喝酒，自称是梁山泊好汉宋江、鲁智深，我让女儿满堂娇出来敬酒。鲁智深对老汉说：'俺宋江哥哥有一百单七个兄弟，只少一个压寨夫人，你就把满堂娇给他做压寨夫人。今日是好日子，俺二人就上山去，三日后便送你女儿回来。'他们平白无故地将我女儿强抢了。"李逵心下疑惑，问："有什么见证？"王林拿出红绢褡裢。李逵道："既然如此，我今日便上山找宋江、鲁智深，数说他们罪过，带他们到你店中来，你可出来认认他们。到时可不能似乌龟一般，缩了头躲在屋里！"王林说："老汉不见便罢了，如见了他们，一定要咬掉他们的肉来。"

李逵气愤地上山去了。一边走,一边想:"宋江这是干什么?激得我怒气如雷,我定要问个水落石出。"

李逵来到梁山泊聚义厅,开口对宋江说:"俺有些零碎金银在这里,送给嫂嫂做拜见钱。"宋江不高兴,对吴学究说:"李逵好无礼,胡言乱语。"

李逵问宋江:"你那压寨夫人在哪里?"又指着鲁智深说:"你这个秃驴,你做的好事!"

宋江、鲁智深是丈二和尚——摸不着头脑。问:"李兄弟你下山去,有什么事?为什么不明说?"

李逵见他们反问,气上加气说:"你要娶妻,他会作媒。"宋江道:"你这黑厮,喝了多少黄汤,胡说八道。"

李逵见宋江如此,拔出怀中板斧,高叫一声:"原来梁山泊有天无日!要这面'替天行道救生民'旗有什么用!"挥斧要砍那杏黄旗。众位头领抱住李逵,夺下他的板斧。宋江问李逵:"你这铁牛,有什么事也不查个明白,就要砍杏黄旗。是什么道理?"李逵说:"你强抢了王林女儿满堂娇,却反而装作不知。有红绢裙褴为证,你休赖!"

宋江和吴学究商计:"必有那种依草附木的人,冒着我姓名去干歹事。只是李逵不问情由,胡说一气,令我生气。"随后对李逵说:"如我抢了王林的女儿,我输这颗头给你;如不是我抢了王林的女儿,你输头给我。你我同去杏花庄,请王林辨认。"李逵道:"行。"宋江说:"就立个军令状,让吴学究收着。"李逵指着鲁智深说:"还有他也需一道去!"

宋江、鲁智深随李逵前往杏花庄。

李逵领着宋江、鲁智深来到王林酒店,对王林说:"老王林,你认一认,这俩人可是抢你女儿的人?"

王林仔细看看宋江,又看看鲁智深,说:"这两个人不是那天抢我女儿的人。"李逵道:"老王林,你不必害怕,有我在此,你把他们看个仔细。"

王林再细瞧宋江、鲁智深,对李逵说:"不是,不是。那两个人,一个是青眼睛高个子,一个是稀头发;这两个人,一个是黑矮的人,一个是光头和尚。"李逵叹了口气,说:"这是我的不是了。"

宋江招呼鲁智深:"既然王林认定我们不是抢他女儿的人,我们先回山寨去,等这黑厮受罚。"宋江、鲁智深便先回梁山泊了。

李逵别过王林,灰心丧气地往梁山泊而去。

李逵来到梁山泊半山腰,心中愁烦:"我没来由瞎折腾,为着别人,输了自己。只能学廉颇负荆请罪,可我与哥哥宋江立了军令状,假如他不打我,只要我的头,我怎么应付?"愁思无计,只得背负荆条,往聚义厅而来。

宋江见李逵来了,便问:"黑牛,你背上背些什么?"

李逵说：“哥哥，你兄弟没见识，错怪了哥哥，心下懊悔，到山涧里砍上一把荆条请哥哥责打。”宋江怒道：“我原来只与你赌头，不与你赌打。我手中现有军令状为凭。众喽啰，把这厮绑了，推出聚义厅，斩首来报。”李逵哈哈大笑，说：“哥哥，你真不肯打，打一下疼一下；杀头则只是一刀了事，倒不疼了。”宋江说：“念你我兄弟一场，我不杀你，你自杀吧。”说完，将剑递给李逵。李逵抚剑长叹一声，正要挥剑斩向自己，猛听得有人高喊："刀下留人。"原来王林赶到了，他对宋江说：“宋首领在上，那个抢我女儿的人将我女儿送还了，我把他们俩灌醉在家里，特上山报知头领。”宋江听王林一说，转怒为喜，对李逵说："黑牛，我如今饶你性命。你去杏花庄，如拿获那两个冒名顶姓的无赖，将功折罪。如拿不着，二罪同罚。你敢去吗?"李逵笑道："这正揉着我的痒处。我自能瓮中捉鳖，手到擒来。"吴学究说："我再派鲁智深协助你。大家要看在'聚义'这二字的分上，不要因小忿而坏了大体面。"

　　李逵与鲁智深随着王林来到杏花庄。

　　宋刚、鲁智恩醉酒刚醒，被李逵、鲁智深一顿拳脚交加，跪在地上求饶。

　　李逵、鲁智深向王林父女告别，押着宋刚、鲁智恩向梁山泊而去。

　　梁山泊众头领设筵庆贺，斩了宋刚、鲁智恩。

看钱奴繁华成梦

——《看钱奴》

曹州曹南周家庄。

周荣祖正与妻子张氏商计:"我学成满腹文章,先人留给我丰厚家财。如今朝廷开考,我想去应试,你意下如何?"张氏说:"相公,为何不让我领着孩儿与你同去呢?"周荣祖想了一想,说:"这也使得。我家祖财携带不便,就埋在后面墙下。至于房屋,则请人看守。我和你带着孩子上朝应试,只要得一官半职,改换家门,岂不是件好事?"张氏见丈夫说得有理,忙说:"既然如此,我收拾行李,随你同去。"

周荣祖一家三口同去京师应试。

曹州有个贾仁,自幼父母双亡,又无亲戚,日子过得十分艰难,人称他为"穷贾儿"。他每天替人家挑土筑墙,和泥脱坯,担水运浆,干粗活度日。

这天,贾仁来到周家庄周荣祖邻居家,帮他打墙,打着

打着,气力不佳,困乏得倒地就睡。梦中他来到东岳庙,见着神灵,禁不住怒火烧心,指天骂地:"我贾仁也是人,为什么有人穿锦骑马,吃好的,用好的?为什么我衣不蔽体,食不果腹,吃了早餐,无了晚餐?上圣也可怜可怜我,施与我些小富贵,我便能斋僧布施,盖寺建塔,修桥铺路,抚恤孤寡老幼。"有一神仙被贾仁说得不耐烦,便说:"我且把周家福力赠予你,二十年后,你双手奉还他就是。"贾仁梦醒,见四周什么也没有,只得继续挖土,挖着挖着,竟挖出一个装满金银的石槽。贾仁当下也不声张,将金银全部搬到自己住的破窑。

贾仁盖房起屋,又开了解典库、粉坊、磨坊、油坊,生意越做越大。人们不敢再称他为"穷贾儿",见到他,便恭恭敬敬地称他为"员外"。

贾仁娶了一个老婆,只是过了好几年,他老婆却没给他生下寸男尺女。贾仁便吩咐门馆先生陈德甫物色一个孩子。

周荣祖带着妻子张氏、儿子长寿上京应试,命运不济,功名不遂,只得一家三口垂头丧气回到周家庄,结果却发现埋在后墙的祖财又被人盗走。周荣祖一家三口衣食艰难,便前往洛阳投亲,又没遇上亲戚,只得返回曹州。

此时正值暮冬时节,连日下着大雪。周荣祖三人衣服单薄,寒风吹来,上下牙捉对儿打颤。周荣祖拉住儿子的手,搀着妻子张氏慢慢向前走,不时嘀咕:"饿得我丧魂失魄,冻得我无颜失色。这雪偏向穷汉身边洒来,雪深埋人脚,风紧透人怀。似这样可怎么得了?"

雪越下越大,风越吹越猛。周荣祖三人只得躲往酒店屋檐下。店小二见周荣祖三人如此艰难,便劝周荣祖:"你如此贫穷,与其让孩子跟你们受罪,何不将他给了他人,也省得他冻死饿死?"周荣祖同妻子张氏商计:"小二哥劝我把孩儿给了人家,免得冻死饿死他。你意下如何?"张氏道:"只要有人要他,就把他给了人家吧。"周荣祖来见店小二:"我夫妇俩愿把孩儿给人,你给寻个买主。"店小二说:"我这儿有个财主贾仁,他儿女全无,正托人寻找合适的孩子。"

店小二来找陈德甫,说:"有人要卖他儿子,你看看去。"陈德甫说:"好。"

陈德甫带着周荣祖三人来到贾仁家。

陈德甫叫:"员外,有人要卖孩子,你可有兴趣?"贾仁道:"在哪儿?""就在门外。""你让他进来,让我瞧瞧。"

陈德甫出门,来叫周荣祖:"秀才,你且去见员外。"周荣祖忙向陈德甫作了一揖,说:"先生,你要多给我些钱。"陈德甫道:"你要他多少,这事包在我身上。"周荣祖对张氏说:"你看着孩儿,我去见员外。"

周荣祖进屋,先向贾仁作揖:"员外。"贾仁问:"秀才,你是哪里人氏?姓甚名谁?"周荣祖答:"小人曹州人氏,姓周名荣祖。"贾仁对陈德甫挥挥手:"我两眼偏见不得这穷汉。你让他靠后些,饿虱子满屋飞。"陈德甫对周荣祖说:"秀才,你就依着员外性子,靠后些。他那有钱的就是这种性情。"周荣祖退出屋外。

贾仁对陈德甫说:"我要买他孩子,也要立一纸文书。"陈德甫说:"你打个稿。""我说你写。立文书人周秀才,因为无钱使用,难以度日,情愿将孩儿卖与财主贾老员外为儿。""谁不知你有钱,只叫'员外'就够了,又要那'财主'二字做什么?""陈德甫,是你抬举我哩?我不是财主,难道叫我'穷汉'?""是是是,财主,财主。""那文书后头写道:'当日三面言定,付价多少,立约之后,两家不许反悔。若有反悔之人,罚宝钞一千贯与不悔之人使用。恐后无凭,立此文书,永远为照。'""对了,反悔之人罚宝钞一千贯。他这正钱是多少?""这个你不要问。我是个财主,他要多少,我指甲里弹出来的,他可也吃不了。""是,是,我对那秀才说去。"

陈德甫出门,把贾仁的意思告诉周荣祖。周荣祖问:"先生,那反悔的人罚宝钞一千贯,我这正钱是多少?"陈德甫说:"秀才,你放心。他刚才说他指甲里弹出来的,你也吃不了。"张氏问周荣祖:"咱这恩养钱可曾议定是多少?"周荣祖道:"这个你不必管了。"

陈德甫进屋,把贾仁所写文书给周荣祖看,贾仁让周荣祖把孩子周长寿留下,改姓贾,称为贾长寿。周长寿不愿改姓,大哭,贾仁夫妇将周长寿狠打一顿。

周荣祖夫妇在屋外听到儿子哭声,心如刀绞,叹息说:"那员外真狠!打得我儿半边脸都红了,说又不敢高声语,哭又不敢放声来。"又忙叫:"陈先生,早打发我们去吧。"

陈德甫应道:"是,我请员外打发你们。"忙对贾仁说:"员外,你还不曾给周荣祖夫妇恩养钱呢?"贾仁道:"什么恩养钱?随他给我些就行了。""员外!他因为没钱才卖小孩,你怎么倒要他给恩养钱?""陈德甫,你好没分晓。他因为没钱养活儿子,才卖给我。如今这小孩要在我家吃饭,我不要他恩养钱,他倒要我恩养钱?""他辛辛苦苦养了这小孩卖给了你,专等你给他些恩养钱吧。""陈德甫,他若不肯,便是反悔之人,你把这小孩还给他,罚他一千贯宝钞给我。""怎么倒要给你一千贯!员外,你给他些恩养钱。""陈德甫,看你脸面,给他些钱。你兜着。""你给他多少?""给他一贯钱。""他这样一个孩子,怎么只给他一贯钱?太少了!""一贯钞上面有许多'宝'字,你休看轻了。你便不打紧,我却似挑了一条筋哩!挑我一条筋倒也没什么,要打发出这一贯钞,却比挑了一条筋更难受。"

陈德甫拿着一贯钱,对周荣祖说:"这是员外打发你的一贯钞。"张氏说:"我养活这孩儿,费了多少心血,怎么只给我一贯钞!买个泥娃娃,一贯钞也买不来。还了我孩子,我们去吧。"陈德甫道:"你且慢,我再去见员外。"

陈德甫见贾仁，说："员外，还你这钞。他嫌少，说连个泥娃娃也买不到。"贾仁说："那泥娃娃会吃饭吗？""员外，不是这样说。哪个养儿女的算饭钱？""陈德甫，亏你还做人呢！常言说'有钱不买张口货'，他养活不了孩子，才卖给我。我不要他还饭钱也就罢了，他倒要我的宝钞？得了，我再拿一贯钞给他。""员外，你以为买什么东西呢，一贯一贯地添。""我只给他两贯，再也不会添了。"

陈德甫拿着两贯钱，又来见周荣祖："秀才，如今员外又添了一贯。"周荣祖道："先生休耍我。我这孩子就值两贯？"

陈德甫叹口气说："这都是我领他来的不是了！我再见员外去！"返身入门，见贾仁道："员外，他不肯要！"贾仁说："不要闲说，白纸上写黑字儿：'若有反悔之人，罚宝钞一千贯与不悔之人使用。'这便是他反悔，你让他拿一千贯钞来！""他若有一千贯钞，也不卖这小孩了！""陈德甫，你是有钱的！你买吗？快领了去，罚他一千贯钞与我。""员外，你添还是不添？""不添。""你真不添？""真不添。""员外，你不肯添，他不肯去，教我两头为难。得了，你支给我两贯饭钱，凑成四贯，打发那秀才回去。"

陈德甫又出门来，告诉周荣祖："秀才，员外是个悭吝苛刻的人，他说一贯也不添了，我支了两个月的学馆费，凑成四贯钞，送予秀才。秀才，你走吧。"周荣祖还不愿走。

贾仁出门一瞧，见周荣祖还没走，便怒斥道："这穷酸还不走！"周荣祖不走。贾仁便推周荣祖："你这穷汉还不走，我唤狗来咬你。"

周荣祖禁不住心头怒火，怒骂道："这等无仁义愚拙的偏有财，俺这有德行聪明的吃齑菜。有朝一日我时来运转，发背疔疮、禁口伤寒全由你受；有朝一日贼打劫，火烧了你院宅；有朝一日受牵连抄没了旧钱债；有朝一日敞着锅无钱买米柴；有朝一日忍饥饿街头做乞丐，那才是你满心坑人的家破人亡景象。"

周荣祖夫妇从此流落街头，成了乞丐。

二十年过去，贾仁已衰老不堪，老伴儿已死，养子贾长寿已成人。

贾长寿曾许愿东岳泰安神州，要带侍儿兴儿去烧香，来向贾仁禀告此事。

贾仁正害病，自言自语道："日子过得真快！自从买了这个小子，二十年早过去了。我一文不使，半文不用。这小子却痴迷愚滥，只图吃穿，把钱钞看得如土，一点儿也不心疼。他怎么知道我当老子的多使了一文钱便心疼得不得了。如今得病，却不想花钱。钱，把我害苦了。"

贾长寿问："父亲，你想吃什么？"贾仁道："我儿，你不知我这病是因为一口气上得的。我那一天想吃烧鸭，我走到街上，那烧鸭店正烤鸭子，油漉漉的。我假装买那鸭子，使劲儿抓了一下,恰好五个指头全抓满了油。我急跑回家,盛饭吃,咂一个指头,吃一碗饭,咂了四个指头,吃了四碗饭。一会儿,瞌睡来了,我就躺在板凳上,睡着了。狗舔了我这个指头,我中了毒气,便得了这病。得,得!往日我一文不使,半文不用;如今我病重,左右是个死,我也破一破悭,使些钱。我儿,我想吃豆腐。""买几百钱豆腐?""买一文钱的豆腐。""一文钱只能买半块豆腐,把它给谁吃?兴儿,你去买一贯钱的豆腐。"

贾仁拦住道:"只买十文钱的豆腐。"过一会儿,贾长寿买豆腐回来了,告诉贾仁:"他那里只有五文钱的豆腐,记下账,明天再讨还。"贾仁对贾长寿说:"我儿,刚才你把十文钱都给了那卖豆腐的?"贾长寿道:"他还欠着我五文,改日再讨吧。"贾仁说:"寄着五文,你可问了他姓什么?左邻是谁,右邻是谁?"贾长寿听了,不解地问:"父亲,你要问他邻居干啥?""假使他搬走了,我这五文钱向谁讨呢?""原来如此。父亲,你孩儿想请画匠替你画个像,让子孙后代供养。""我儿,画像不要画前面,只画背影。""父亲,你说错了。画人像应该画正面,怎么能画背面呢?""你哪里知道,画匠开光明,又要喜钱。""父亲,你也太算计了。"

贾仁喘了口气,挣扎着精神,问:"儿呀,我病重,左右快死了。我死后,你怎么发送我?"贾长寿说:"父亲万一有个好歹,我给你买一个好杉木棺材。""我的儿,不要买,杉木价高,我左右是死人,哪知道什么杉木、柳木!后门口不是有个喂马槽吗,用它发送我就行了!""那喂马槽短,你如此长一个身子,装不下。""槽可短,我这身子也可短。拿把斧子把我拦腰砍作两段,折叠着,可不装下了!儿呀,我吩咐你,到那时不要用咱家的斧子,借别人家的斧子剁。""父亲,咱家里有斧子,怎么向人家借斧子?""你哪里知道,我的骨头硬,如使我家斧子剁卷了刃,又得花几文钱去淬钢!""原来是这样。父亲,孩儿要上东岳神州为你烧香,你给我钱。""我只给你三贯钱。"

兴儿把贾长寿拉出门外,轻声说:"不要听老员外的,你自己去开了库,拿金银就是。我随你去烧香。"

贾长寿、兴儿来到泰安东岳庙,遇到已沦为乞丐的周荣祖夫妇,却没有认出来,错过了机会。

贾长寿烧香还愿回来,贾仁已病死了。贾长寿继承了贾仁家业。

周荣祖夫妇又流落到了曹州,在酒店伙计与陈德甫的帮助下,与贾长寿相见。贾长寿又改名为周长寿,贾仁不义家财又回到周荣祖手中。

墙头马上现钟情

——《墙头马上》

唐高宗即位,驾幸西御园,见园中花木狼藉,不堪游赏,便令工部尚书裴行俭:"朕差你往洛阳,不论权豪势要之家,不论乡民百姓之家,挑选奇花异卉,趁时栽接。"裴行俭跪奏:"陛下,臣已年高,举荐臣儿裴少俊代臣前往。少俊三岁能言,五岁识字,七岁草字如云,十岁吟诗应口,才貌双全,年已弱冠,还未娶妻,不亲酒色。如差他去公干,万无一失。"唐高宗道:"准奏。"

裴尚书回家告知夫人及儿子,又叫仆人张千服侍少俊:"张千,你服侍少俊,一路上休让他胡行。"

裴少俊遵父命前往洛阳买花。

裴少俊来到洛阳,只拣名园佳圃,挑选奇花并买花种,不止一日,诸事完毕,将花卉装满一车,准备起身回京复命。

此时正是农历上巳节,洛阳城内王孙仕女如云,皆出城游赏。裴少俊也动了游兴,对张千说:"张千,我同你也去各处游赏一番。"张千应道:"少爷,我鞴鞍马去。"

裴少俊主仆二人离了旅店,骑马观花。

洛阳城李总管府里,李千金对梅香说:"今日是三月上巳,良辰佳节。多好的春景啊!"梅香道:"小姐,春景多迷人。"李千金对着围屏上的佳人才子、仕女王孙发呆。梅香道:"小姐,你看这围屏,我知你心事,你正缺一个风流佳婿。"李千金长叹一声,说:"是啊。我为什么春风吹瘦杨柳腰?我又不曾染病得疾,却无情无绪。我害的正是不疼不痛难医治的相思病,每日好茶好饭却全没滋味,每天贪睡,针线女红全不动,提起东便忘了西。如我招得个风流女婿,怎肯费工夫去描眉画眼?我宁愿银红高照,锦帐低垂,鸳鸯并宿,千金良夜,一刻春宵,强过我衾单枕冷!"梅香见小姐说出心里话,便有心开导小姐,说:"今日上巳节,王孙仕女,宝马香车,都往郊外玩赏去了。小姐,咱们俩也去后花园赏春,排遣闷怀。"

李千金和梅香来到后花园,但见:柳暗青烟密,花残红雨飞,榆散青钱乱,梅攒翠豆肥。蝴蝶双飞,蜻蜓游戏,蜜蜂采花。李千金见大好春光,景物成双,免不了又是一阵愁怀:"花心吹得人心碎,柳眉不转蛾眉皱。落红成阵,春光不管人憔悴。"

马蹄声传来,李千金循声望去,花园墙外,马上坐着一位英俊郎君，禁不住脱口称赞："好一个秀才！"马上郎君也脱口称赞李千金："好一个小姐。雾鬓云鬟，冰肌玉骨，花开媚脸，星转双眸。只疑是天上神女下凡来。"

梅香见李千金凝视马上郎君，口中喃喃自语："恨不得倚香腮左右偎，罗裙作地席，锦被翻红浪。"便忙劝李千金："小姐休看他，倘若被人瞧见，岂不坏了体面。"李千金道："既要暗偷期，咱先有意，爱别人可以舍了自己。"

那边，张千催裴少俊："少爷，休要惹事，咱们往城外去！"裴少俊盯着李千金，道："别烦我。我和她，四目相望，各有爱心，从今以后，相思难忘。"张千打马，催裴少俊："少爷，走吧。"裴少俊道："如此美人，她一定识字。我且写个柬帖，嘲拨她。"从身上掏出纸笔，写了一封短信，交给张千："张千，你把这个帖子送给那位小姐。""少爷，如有人撞见，我免不了受顿打。"裴少俊说："你不用怕。有人问你时，你就说是奉命买花的。"

张千拿着柬帖，来见李千金："小姐，你这花园有花卖吗？"梅香在一旁说："谁要买？"张千说："我家少爷要买。"随即递上一张纸，道："交给小姐。"

梅香把纸递给李千金："小姐，这是那个人写的纸片。"李千金打开一看，原来是一首诗：

只疑身在武陵游，流水桃花隔岸羞。

咫尺刘郎肠已断,为谁含笑倚墙头。

李千金让梅香取来纸笔,也写诗一首,托梅香送给裴少俊。

裴少俊拆开一看,只见也是一首诗:

深闺拘束暂闲游,手拈青梅半掩羞。
莫负后园今夜约,月移初上柳梢头。

梅香在旁说:"我家小姐说:'今夜后园中赴期,休得失信。'"裴少俊道:"这个自然。张千,我们且回去。"

裴少俊骑马离去,张千跟在他身后。

李千金和梅香在闺房中等待夜色降临。"梅香,不知夫人睡没睡?""我去看看。"

梅香回来,告诉李千金:"夫人已睡了。小姐,你心里想什么呢?""我只盼佳期早到。""小姐,太阳下去了,一会儿星月就要出来了。""梅香,我只祈求月。月啊,你本来细如弓,休要明如镜高照三千世界。我把月来拜,月啊,你方便我无碍,深拜你嫦娥不妒色,你且雾锁云埋,成就我一宵春情。""小姐,天色已晚,我点上灯,去接姐夫。"

梅香来到后花园墙角,裴少俊带着张千恰好来到。裴少俊跳过墙,对梅香说:"梅香,我来了。"梅香引裴少俊来见李千金，张千在墙外等着。

裴少俊向李千金作一揖，说："我是个穷书生，小姐不弃我，我杀身难报小姐知遇之恩。"李千金道："秀才，千万别负心！"两人当下携手入闺房，共坐绣床。

正在此时，家中奶妈路过李千金闺房，听见男女说话声，吃了一惊，停止脚步，仔细听了半晌，听到的都是男女情话，心头火起："果然有人在小姐房中做歹事，我去惊散他们。"便朝闺房走来。梅香一见，忙叫："小姐吹灭灯，奶妈来了。"奶妈道："吹灭灯又管什么用？我早听了多时了。你们还想跑哪儿去？"

裴少俊、李千金跪在奶妈面前，李千金开口说："奶妈，我们做错了事，怎么见父母！奶妈你行行好，放我们走吧，我们到死也不敢忘记你。"奶妈道："不出嫁的闺女被男人骗了，还要随他去。我问你，这汉子是谁？"裴少俊代答说："我是客寄书生，乞你宽恕！"奶妈道："俺这里不是行奸卖俏场所。"又问李千金："你怎么看上了这个穷酸饿醋！"李千金答："龙女招了儒士，神女嫁给秀才，更何况我是浊骨凡胎！我见他一表人才，有心看上他。"

奶妈想一想，半晌才说："亲的终究是亲，我如今和你商量，有两条路可走：第一，你让这秀才求官去，得了官再来娶你，否则，你嫁给别人；第二，我今夜放你俩走，等这秀才得了官，到那时再来认亲。"李千金说："奶妈，我们还是走为上。"奶妈说:"我担当着厉害,你们一路小心在意。"

李千金和裴少俊谢了奶妈,李千金道:"不是我敢为非作歹,只因他有风情手段。如今奔在江湖上,便锁在空房,嫁在乡外,也在所不顾。哪里有女孩与爷娘相守到头白!女孩只是家中寄居客。"奶妈说:"我只等你们他日来认亲。"

裴少俊、李千金带梅香出了李家花园,张千跟着,离开了洛阳,来到长安裴家。

裴少俊、李千金住在裴家后花园中,生下男孩端端、女孩重阳,多亏院公服侍,他人一丝不晓。

七年过去了,端端已经六岁,重阳已经四岁了。

这年清明节,裴尚书要亲自上坟祭祖,只是身体衰老,畏惧风寒,没有法子,只得让裴少俊陪母亲祭祖,自己在家中。

裴尚书心想:"老夫常出公差,多在外,少在里。且喜少俊胸有大志,每天只在后花园中看书,只等功成名就,方才娶妻。如今少俊已同他母亲上坟去了,我到后花园中去看看少俊平常做下的功课。"便带了张千来到后花园中。

院公想阻挡裴尚书入内,见已经不可能,只得迎接裴尚书。

裴尚书到了后花园中,却见到两个小孩,他从未见过,

便问院公："这两个小孩是谁家的？"端端说："是裴家的。"裴尚书问："是哪个裴家？"端端说："是裴尚书家。"院公见端端要说出底细，急忙狠狠地说："谁说这不是裴尚书家花园？小孩子还不快离去！"端端、重阳说："我们告诉爹娘去。"院公道："你们俩采折了花，还敢说回去告诉爹娘。快往后面走。"

端端、重阳跑到母亲李千金身边，哭说院公狠责了他们。李千金说："孩儿呀，我叫你们休出去，如今怎么办？"搂住一对儿女，哭着。

裴尚书见两个小孩往后跑了，心生疑惑："这两个小孩不似平常人家的孩子，这院公所说必定有诈，我再往后堂去看个仔细。"

裴尚书推开堂门，与李千金打个照面，各自惊呆了。

李千金心中恐惧不安，自己寻思："吓得我魄散魂销，手脚慌乱。老相公手拄杖仔细端详，院公手持扫帚瞎支吾，孩儿把我衣袂掀。我要如何应付这场面？"只得把两个孩子紧紧搂住。

裴尚书问院公："怎么又有个妇人在此？"院公说："这妇人折了我花，躲入这房里。"裴尚书道："把他们都带到芙蓉亭上。"院公说："这妇人折了花，怕被人看见，躲在这里，相公应该饶了她。"

李千金见事已无可遮掩，便索性说："老相公宽恕，我是少俊妻室。"裴尚书问："谁是媒人？下了多少彩礼？谁主婚？"李千金低头不语。裴尚书又问："这两个小孩到底是谁家的？"院公接茬说："老相公不必烦恼，更应欢喜。不花一分财礼，却得了这样花枝般的儿媳，一对孙儿孙女。"

裴尚书大怒，骂道："这女人必定是娼妓优伶！"李千金道："我是官宦人家女儿，不是下贱女子。"裴尚书怒火中烧，说："妇人家与人私奔，罪过不赦。送你到官衙，打折你腿。"李千金心急嘴快，道："我是好人家女儿，你要兴词讼、发文牒、送官词，人心非铁，我罪岂能不赦？纵使把我拷打，我也并不是风尘烟月！"

裴少俊上坟回来，与母亲一起来见父亲。裴尚书对夫人说："你与孩儿作弊，乱了家法。"又怒责少俊："这就是你后花园七年做下的功课。我把这女人送到官衙，依律判罪。"裴少俊道："少俊是卿相之子，怎能为了一个女人而遭官司。情愿写一纸休书，将她休了。请父亲宽恕！"

裴尚书怒气未消，又对李千金说："我似八烈周公，夫人似三移孟母。都因你这个淫妇败坏了我少俊前程，辱没了我裴家祖先。你既是官宦人家好女儿，为什么与人私奔？你比无盐女更伤风败俗，男游九郡，女嫁三夫。"李千金顶撞道："我只裴少俊一个！"裴尚书又道："女慕贞洁，男效才良，聘则为妻，奔则为妾。你还不归家去！"李千金说：

"这姻缘是天赐的！"裴尚书说："如今我让你在石上磨玉簪，井底引银瓶，如簪不折、瓶不沉，便可说你们是天赐姻缘；如簪折瓶坠，你们夫妻分离。"李千金磨簪，簪从中折为两截，用细丝引井底银瓶，瓶坠入井中。裴尚书道："此是天意。你拿着休书回家去，这一儿一女留在我家。张千，你把这女人赶出家门。"

李千金含泪离开裴家。

裴尚书又训斥裴少俊："你收拾琴剑书箱，上朝求官应举去。"

裴少俊上朝求官去了。

李千金回到洛阳。父母早已双亡，留下几个奴仆和一些庄田，李千金与梅香相依过活。

李千金郁郁寡欢，想念一对儿女，想念裴少俊。

裴少俊上京应试，状元及第，被任为洛阳县尹一职。裴少俊心中思念李千金，日夜兼程，赶到洛阳城，来找李千金。

"小姐，别来无恙？今日来寻你，依旧和你相好，重做夫妻。"

"裴少俊，你说什么梦话？你想结绸缪，我怕遭刑狱，我心似铁了。你娘并无母子情，你爹怎肯怜惜人。他不是说我败坏风俗，男游九郡，女嫁三夫吗？"

"小姐，我如今做了官，特来认你。"

"想当初，你写休书将我逐，今日死皮赖脸来认亲。你扪心自问，你怎没辜负我李千金一片真情？"

"我和你是儿女夫妻，你怎么不认我？"

"你爹是八烈周公，你娘是三移孟母。我做你眷属，岂不坏了你裴少俊前程，岂不辱没了你裴家祖宗？"

"这都是我父亲之命，不干我事。我心恋你，他们却厌弃你。"

"你母亲从来狠毒，你父亲偏生嫉妒。他治国忠直，操守廉能，可怎么做事糊涂？你我本是鸾凤交，琴瑟谐，夫妻和睦，你父亲他却替儿嫌妇。"

李千金不愿再理睬裴少俊，裴少俊怏怏而回县府。

裴尚书夫妇领着端端、重阳，来到洛阳，直奔李总管府见李千金，裴少俊也恰好在场。

裴尚书向李千金赔个不是，说："我和夫人带着两个孙儿，牵羊担酒，向你赔礼。"李千金道："你休了我，我决不认你。"夫人道："孩儿，你看我的面皮，认了我们吧。我把你的两个孩子拉扯大了。"端端、重阳哭道："娘，你认了我们吧。"

李千金心中难受："欲不认公婆，又舍不得一对儿女；欲认公婆，又便宜了他们。得了，母子情难断，我认了他们。"便对裴尚书夫妇跪下："公公、婆婆，受你媳妇几拜。"裴尚书夫妇扶起李千金："今日一家人完聚，杀羊造酒，做个喜庆筵席。"一家人团聚。这才是：

从来女大不中留，马上墙头亦好逑。
只要姻缘天配合，何必区区结彩楼。

李玉英错送鸳鸯被

——《鸳鸯被》

河南府尹李彦实膝下只有一女玉英，夫人早逝。

李彦实为官清廉，得罪了左司。左司劾奏李彦实，皇帝听信谗言，便派金牌校尉逮捕李彦实。李彦实心中恼怒，寻思道："朝廷多少贪官污吏，一生享用荣华；只有老夫我忠诚廉洁，替朝廷卖命，反倒受人弹劾。天理何在？再说这次进京，路途遥远，需要许多费用！只是我囊中空空，缺少盘缠，只得向人告借了。"便请来玉清庵刘道姑，与她商量："刘道姑，我如今因罪进京，听候参劾，只因缺少盘缠，求你替我往各处告借一些。"刘道姑说："刘员外广有钱财，私自贷款给他人以获利息。如今我就去一趟。"

刘道姑来到刘员外家，开口说道："员外，李府尹要进京，只因缺少盘缠，向员外借十两银子，回来时连本带利一起还你。"刘员外道："借钱可以，但要立个字据，让他画押，你做保人。"

刘道姑把银子带给李府尹，让他立了字据并画了押，又让他女儿也画了押，拿了字据回复刘员外。

李府尹老泪纵横，对女儿玉英说："孩儿，我如今戴罪进京，生死难卜。你现在已十八岁，也不小了。终身大事需要你自己拿定主意，我也顾不得你了。"李玉英哭道："父亲，你早点回来，孩儿想念你。从此以后，孩儿孤身一人，无人照顾，命苦啊。"

李府尹辞别女儿，骑马进京。

李府尹进京一年，毫无音信。刘员外催问刘道姑："李府尹借我十两银子，进京一年，我本利都没得到。我听说他的女儿生得十分标致，料她父亲也没钱还我，我要娶她为妻，你替我说合。"刘道姑说："员外，再等些时候吧。李府尹回来便还你银子。"刘员外生气地说："放屁！假如李府尹一年不回，我等他一年，十年不回，我等他十年，你好不晓事！我如今只向他女儿讨这十两银子。"刘道姑劝道："员外，且缓些时候。"刘员外说："当时借银子时，你做保人。你既然搪塞我，我拖你到官府，有你的干系。"

刘道姑无奈，只得来到李府尹家，要把刘员外的想法告诉李玉英。李玉英正在绣一床被子。刘道姑问："小姐，老相公进京后，你每天做些什么？"李玉英答："我绣一床锦被，金线绣出'鸳鸯'二字，绿绒刺出鸳鸯形，花缠着枝，枝缠着花。我只想早日成就百年姻缘事，享受夫妻情爱。只因我父亲离家，婚姻大事无法操持。我睡卧不宁，茶饭无味。"刘道姑忙说："小姐你这年纪，趁青春年少，赶紧找一个穿衣吃饭的倚靠才是。"李玉英叹口气，说："我有此心，只是没有人替我着想。男子无妻是家无主，女人无夫是身无主。"刘道姑见李玉英如此，便又说："小姐，如今有人要娶你。他便是当初借银子给老相公的刘员外，他是名门旧族，家中有钱。"李玉英心中疑惑，问："他为什么要娶我？"刘道姑说："老相公当初借了他十两银子，如今连本带利该二十两了。他料定你家拿不出银子，便要用你抵他那二十两银子，娶你为妻。"

李玉英听完刘道姑的话，怒火中烧，说："我宁愿吃官司，也不嫁他。"刘道姑劝道："小姐，如真打官司，你便抛头露面，出乖现丑。"李玉英沉思半晌，说："刘员外多大年纪？相貌怎样？"刘道姑侃侃而谈："刘员外今年二十三，许多人给他提亲，他都没答应。刘员外仪表不凡，与你正相匹配。"李玉英说："既然如此，我依着你便是了。"刘道姑道："小姐既然肯从，今夜来我庵中，我请刘员外也来庵中，成就你们亲事。"李玉英说："姑姑，你拿我这鸳鸯被去，我把一生前程全托付给你了。"

李玉英把鸳鸯被交给刘道姑，刘道姑拿了鸳鸯被直接找刘员外去了。

李玉英与女仆梅香打点完毕，便往玉清庵中去。

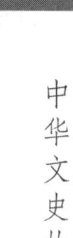

刘道姑来到刘员外家，向刘员外说："员外，好事来了！李小姐今夜在玉清庵中与你相会，这是她的鸳鸯被。"刘员外道："多谢了。今夜如成就了好事，我定重重谢你。"

刘道姑拿着鸳鸯被先回玉清庵，刘员外也打扮一番，前去玉清庵赴约。

天色已晚。

刘员外兴冲冲地走着，不提防黑暗中走出几个巡更兵卒，兵卒把刘员外当作贼押往巡捕房。刘员外被吊起来，叹气说："怎么办才好？我命真坏！好好一门亲事被耽误了！"

姑苏人张瑞卿上京取应，路过玉清庵，因天色已晚，便决定借宿一夜，次早再行，便上前敲门："门里有人吗？"

"刘员外，你来了。"一小道姑说。

张瑞卿闻言吃了一惊，寻思道："好奇怪。这庵中必定有奸情，我为什么不顺藤摸瓜，探听个究竟？"便连忙说："我来了，不要点灯。"

"我不点灯，等小姐来时，我自有道理。"小道姑应道。

小道姑将张瑞卿迎入庵内，安置停当。

李玉英趁着黑夜，匆匆赶到玉清庵前。

李玉英叫道："姑姑开门，我是李玉英。"小道姑应声开门，说："小姐来了。我等你好久，刘员外也早到了。"李玉英问："刘员外在哪里？"小道姑说："刘员外在房里等你。我已把鸳鸯被铺好，只等你与他成就好事。"

小道姑把李玉英带到张瑞卿房中。张瑞卿开口说:"早知小姐来到,只合远接。接待不着,请不要怪罪。小姐请坐。"李玉英说:"你以后休要负心。"张瑞卿暗自高兴,心想:"真是个小姐,我且风流快活一宵。"便把李玉英抱在怀中,两人就在鸳鸯被里成就了好事。

云雨已毕,李玉英对张瑞卿说:"你以后不要负心。"张瑞卿道:"小生以后如得官,你就是夫人县君了。"

天色将亮。

张瑞卿对李玉英说:"小姐,天要亮了,你回去吧。此恩此情,他日必当重报。"李玉英问道:"刘员外,我问你……""我不姓刘,我叫张瑞卿。""你……你……你在我面前无半句实话。""我不敢说虚言。""你把我当作杨柳烟花娼妓了。""小姐,我是张瑞卿。""你是哪里人氏?为何到此?""小姐,我俩已成夫妇,还有什么话不能说?我是姑苏人,姓张名瑞卿。因为上京应试,路过洛阳,见天色已黑,就到这玉清庵借宿,幸遇小姐,成就了这门亲事。小姐,你是什么人家女儿?""我是李府尹女儿,因父亲借了刘员外十两银子,刘员外以本利二十两银子相威胁,定要娶我为妻。我只得约他上玉清庵中相会,以鸳鸯被为凭。不料却遇到了你,成了这段姻缘。我既然随顺了你,怎肯嫁他?我一心一意等候你。""小姐,我不敢忘了你的恩情。我要进京应试,你有什么信物给我,作为将来相见凭证。""就用这鸳鸯被为信物。他日见到这鸳鸯被，便是夫妻团圆之时。"

张瑞卿辞别李玉英，上京应试。

次日早晨，刘员外从巡捕房中出来，懊恨不已："真倒霉，一场好事被耽误了，吊了这一夜，真扫兴。"

刘员外来到玉清庵，却从刘道姑口中知晓有人已抢先一步，便对刘道姑说："姑姑，既然李小姐昨夜已与别人成了好事，她左右是个破罐子了。你去将李小姐接到我家，我与她做长久夫妻。"

刘员外见到李玉英，心中怒气上涌，说："你这女人真坏！那天你和我约定在玉清庵中相见，我不曾去，你却和他人成了好事。如今我要你随顺我，嫁给我。"李玉英不答应他的要求，说："我到死也不随顺你！"刘员外怒喝道："贱人！你不肯随顺我，我要你在我酒店中当差服役，舀酒、打菜、抹桌、搬凳、服侍客人喝酒。"李玉英当了酒店差役，每日辛苦，每天流泪，思念父亲，想念张瑞卿。

张瑞卿到京都，一举状元及第，授为洛阳县尹。

张瑞卿来到洛阳，打听李玉英消息，易衣改装，来到刘员外所开的酒店。

李玉英上前服侍张瑞卿："官人请坐，你喝酒吗？"张瑞卿道："我看你不是真正卖酒的人。"李玉英见他说到自己痛处，便从头至尾把自己的遭遇说了一遍。

张瑞卿道："你原来就是李府尹女儿李玉英吗？"李玉

英说:"我是。你怎么认识我?""我是你堂兄。你小时候,我便出去游学了,将近二十年不曾回家,今日才见到你。妹子,你为什么在这受苦?""我父借刘员外十两银子,刘员外逼我嫁他。玉清庵中,我巧遇张瑞卿,私订终身。刘员外便逼我为奴仆,在酒店中当差受苦。""原来如此。妹子,你哥为你担待。"

张瑞卿让李玉英请出刘员外,问刘员外:"我这妹子借了你家多少银子?"刘员外答:"借了十两银子,如今连本带利该还二十两。"张瑞卿道:"二十两银子算什么!我替她还你就是。"刘员外说:"大舅,你知道吗,她父亲将她许嫁我了。"张瑞卿道:"既然这样,你准备羊酒花红,三天后来娶她,这才是正理。"

张瑞卿偿还了二十两银子,把李玉英带回李府尹家中。

张瑞卿将鸳鸯被铺在床上,让李玉英照应家中,自己却吃酒去了。

李玉英见到鸳鸯被,好生奇怪,喃喃自语:"奇怪,这鸳鸯被是我亲手绣的,我将它送给了张瑞卿。它怎么到了我哥哥手中?等他回来,我向他问个明白。"

张瑞卿回来后,李玉英问:"哥哥,鸳鸯被是谁的?"张瑞卿故意说:"是我妹子给我的。""这被子是我绣的,怎么到了你手中?""你认得我吗?我就是张瑞卿。""我想死你了,枉叫了你这三日哥哥。""我叫你十天姐姐。""真高兴死了。"

刘员外来到李府尹家，敲门，门不开。他抬脚踢开门，见李玉英与张瑞卿抱在一起，又哭又笑，不禁怒火三千丈，指着张瑞卿说："你们做的好事，这个是我老婆。"张瑞卿说："她是我的老婆。"刘员外气上加气，说："怎么她是你老婆？你冒认亲兄，强赖人妻，我和你见官去。"

刘员外拉着张瑞卿来到官衙，此时正是李府尹理事。原来，李府尹待罪在西京三年，皇帝查清左司诬奏李府尹，便恢复李府尹官职，李府尹仍为河南府尹。

李府尹将刘员外杖责四十，送他到衙门问罪。随后摆下喜庆筵席，庆贺李玉英和张瑞卿结亲。

秋胡桑园戏梅英

——《秋胡戏妻》

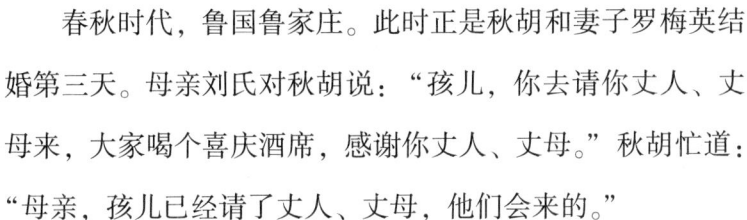

春秋时代,鲁国鲁家庄。此时正是秋胡和妻子罗梅英结婚第三天。母亲刘氏对秋胡说:"孩儿,你去请你丈人、丈母来,大家喝个喜庆酒席,感谢你丈人、丈母。"秋胡忙道:"母亲,孩儿已经请了丈人、丈母,他们会来的。"

罗大户夫妇二人来到秋胡家,刘氏迎他们进屋,忙叫秋胡:"孩儿,给你丈人、丈母斟酒,上茶。"秋胡拜见丈人、丈母,呈上果品酒水,道:"岳父岳母,满饮一杯。"罗大户夫妇二人喜笑颜开,接过酒杯,忙说:"孩儿的喜酒,我吃,我吃。"秋胡又叫媳妇出来:"梅英,你我拜见父母,拜谢他们养育之恩。"罗梅英拜见父母亲,恭敬地递上两盏酒,说:"父亲、母亲,满饮一杯。"罗大户夫妇把喜酒喝干,擦擦嘴唇说:"孩儿,我们喝干了喜酒。"

刘氏对罗大户夫妇说:"亲家,慢慢喝酒。"又对秋胡夫妇说:"孩儿,你们慢慢地劝酒,令你父亲、母亲多饮几杯,高兴一场。"

忽然响起猛烈的敲门声,有人高喊:"秋胡在家吗?"

秋胡连忙开门,门外站着一个军卒。军卒开口说道:"我是勾军军卒,奉上司命令,来勾你去当兵。"一边说,一边掏出绳子,就要套住秋胡。秋胡说:"军卒大哥且慢动手,让我告诉母亲一声。"

秋胡带着勾军军卒来到院中,请他坐下。秋胡走近刘氏身边,说:"母亲,有勾军的军卒奉上司令,来勾孩儿去当兵。"刘氏禁不住流泪说:"孩儿,这可怎么办啊?"罗梅英走近刘氏,问:"婆婆,你为什么烦恼?"刘氏道:"儿呀,勾军军卒要勾你夫秋胡当兵。"

罗梅英一听此言,心凉了半截,也禁不住流下眼泪,泪眼望着秋胡:"秋胡,这可怎么办啊?你去当兵,我们婆媳怎么办呀?谁来怜悯照顾我们?我守青灯受辛苦,吃黄韭受穷困,原指望你玉堂金马做朝臣,不料你去当兵。这正是'儒人颠倒不如人,难说文章好立身'。"秋胡在一旁沉默无语,刘氏泪流满脸,罗大户夫妇脸上布满愁云。

勾军军卒催促秋胡:"秋胡快点,文书上有期限,一天也不能耽搁。"秋胡求勾军军卒:"军卒大哥,你先喝些酒,稍等一等,让我同她们说些话。"勾军军卒虎着脸,喝着酒。

刘氏见勾军军卒催秋胡起身,顿觉心如刀绞,哭着说:"孩儿娶亲才三日,喜酒还未喝完,就当兵去。谁来养活我

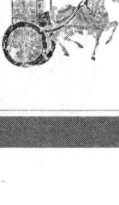

呀！天哪。"罗梅英也在一旁哭道："鸳鸯被还不曾盖暖，今日却要送郎去当兵。"秋胡劝母亲刘氏，又劝罗梅英："梅英，我当兵去了，你在家侍奉母亲。"刘氏道："孩儿，你要勤捎书信来，免得我婆媳忧心。"罗梅英说："燕尔新婚，有家难靠。莫不是我命中注定寡鹄孤鸾，莫不是命中注定我守活寡。"罗梅英不忍心看着秋胡离去，便走入房中。

秋胡请求罗大户夫妇："岳父岳母，我当兵后，请关照我母亲和妻子。"罗大户道："这是你家事，合该我女儿倒霉。"

秋胡拜别母亲、岳父岳母，随勾军军卒当兵去了。

秋胡一去十年，音信全无。

秋胡母亲刘氏与罗梅英相依为命。罗梅英替人家缝补浆洗衣裳，养蚕择茧，养活刘氏，养活自己。

罗大户欠同村李大户四十石粮食，只因家道衰落，罗大户无力偿还。

这李大户是个大财主，家中有钱财，有粮食，有田土，只是少一个标致的老婆。只因这一件弄得李大户没情没绪，村人们都说他空有钱财。李大户见罗大户已穷，没有能力还粮，又听说罗大户有个女儿罗梅英嫁给了秋胡，秋胡当兵十年，音信全无，便想打罗梅英主意，私下寻思："我如今叫罗大户来，说秋胡已死，让他把女儿转嫁给我，抵偿以前欠我的粮食。另外我再给他些财礼，他是个穷汉子，一定会应允。"便派人去请罗大户。

罗大户来到，李大户说："你那女婿秋胡死了。"罗大户忙问："你听谁说的？""我听人说。""这可怎么办？""罗大户，你不要烦恼。你女婿死了，你女儿还活着，她年纪轻，怎能守寡？你把你女儿改嫁我吧。你欠我的粮食不必还，另外我还给你些财礼。"

罗大户无奈，只得应允，接过李大户的花红财礼。

罗大户拿着花红财礼，来到秋胡家，见了刘氏，问道："亲家母，这些日子身体可好？"刘氏道："亲家请坐，什么风把你吹来？"罗大户说："我因为令郎久不回家，特地来探望你，与你消闷。这儿有酒，我敬你三杯。"刘氏道："多谢亲家。"罗大户又拿出一块红绢，递给刘氏，说道："亲家母，这块红绢给我女儿做件衣服。"刘氏惶恐不安地说："亲家，等秋胡回来，让他拜谢你一片厚意。"罗大户在旁笑着说："亲家母，你中我计了。这酒和红绢，都不是我的，是李大户的，刚才三杯酒是肯酒，红绢是红定。秋胡已死，李大户要娶梅英。我先回去了。"

罗大户走了。刘氏发愣，心中盘算："这罗大户太无礼了，我怎么对媳妇说起这事啊？"

罗梅英从蚕房出来，郁郁寡欢，自言自语："想我因一夜短恩情，空叹了千万声，十年辛苦无人怜。如今婆婆身体不好，秋胡又不回来，我一人怎么支持这家？"不知不觉间，她来到刘氏房中,问刘氏:"婆婆,你要喝粥吗?"刘氏道:"媳妇,你梳梳头。"

婆媳正说话间,门外响起鼓乐声。

罗梅英道:"婆婆,门外吹打,莫不是赛牛王社的?我去看看。"刘氏说:"媳妇,你去看吧。"

罗梅英打开门,却见父母站在门外,身后还跟着一伙人,便问:"原来爹妈到此。你们从哪儿来?"罗大户道:"我替你招女婿了。""什么?你替我招女婿。""我替你招女婿了。""这是什么话?我早嫁给了秋胡。爹爹,你是跟女儿开玩笑吧?""女儿,爹爹没跟你开玩笑。"

罗梅英生气地说:"爹爹,我已有丈夫,你怎么又给我招女婿,你怎么这样糊涂,这样没见识,岂不让人笑话!"罗大户道:"女儿,秋胡已死,李大户要娶你,特地牵羊担酒来此。"罗梅英说:"我嫁鸡随鸡,嫁狗随狗。"罗大户道:"你不要吵闹,是你婆婆接了红定。"

罗梅英一听此话,忙来见婆婆刘氏:"婆婆,秋胡一去十年,我含辛茹苦养活你,你怎么把我嫁给别人?"刘氏道:"不干我事。是你父亲卖了你,是他把红定强给我。"说完流泪。

罗梅英又来到门口,对父亲罗大户说:"爹爹,你全不怕十亲九故笑话你。"罗大户道:"我要和你婆婆平分财礼。"

李大户在旁，见罗梅英姿色优雅，便开口说："小娘子，你不要多说。我这模样也不丑。"一边说，一边挨近罗梅英，伸手去摸她脸。罗梅英劈头盖脸挥拳痛打李大户，边打边骂："清平世界，朗朗乾坤，你竟敢把良家妇女调戏！"李大户不甘心，又说："小娘子，你不要闹。我也不辱没了你。岂不闻'鸾凰只许鸾凰配，鸳鸯只许鸳鸯对'？"罗梅英伸出拳，说："你休卖弄！快滚。"李大户仍嬉皮笑脸地说："小娘子，我有钱，模样俊，你难找第二个。"罗梅英一把将李大户推出门外，说："你有钱，你就抱着铜钱睡。"又把罗大户夫妇推出门外，说："都是你们使的洞房花烛拖刀计。"

罗大户夫妇和李大户尴尬地溜走了。

罗梅英和刘氏关上大门。

次日，罗梅英提篮往桑园中采桑。

一路上，罗梅英心事重重："自从我嫁给秋胡，一年四季受苦受累，独眠独卧，挨冻受饥，昨天又被爹娘欺负，满怀愁恨诉与谁？有泪眼中流。"

来到桑园，罗梅英放下篮子，快手快脚地采桑。过一会儿，她觉得热了，便脱下衣服，把它晾在桑树上，继续采桑。

桑园门外忽然传来男人的吟诗声：

二八谁家女，提篮去采桑。

罗衣挂枝上，风动满园香。

罗梅英不予理睬。

男人又吟诗一遍。

罗梅英回身取衣披在身上，一眼瞧见那吟诗的男人，又羞又急，自思："我在这里采桑，他是什么人，竟走到园里来，让我穿衣不迭。"便问："你是什么人？"那男人走过来，向她作了一揖，说："小娘子，我这厢有礼了。"罗梅英连忙还他个"万福"。"你是个闲游的浪子，还是个取应的名儒？""小娘子，有凉水吗？给点儿水，我渴了。""我是个采桑女，你不要把我当作锄田送饭妇。我这儿没有凉水，你走吧。"

男人见园中更无他人，便放肆地对罗梅英说："这里没人。小娘子你过来，我和你结成夫妻，怕什么！"罗梅英怒骂道："你外表似君子，内心如禽兽。"男人又说："小娘子，左右这儿没人。力田不如见少年，采桑不如嫁贵郎。你随顺我吧。"罗梅英道："你这人太无礼，人伦道德全不顾。"男人道："我不动手，你不会随顺我。我要你随顺我。"说着便动手拉扯罗梅英。罗梅英使劲儿推开他，喝道："靠后，再往前，我就喊人了。"男人不甘心，瞪着红眼，又朝罗梅英扑来："你飞也飞不出这桑园门。"罗梅英见男

人来势凶猛，便高叫："沙三、王留，快来救我。"男人见势不妙，忙说："小娘子，不要喊叫。"罗梅英站住不动。

男人见罗梅英不再喊叫，便心中盘算道："这女子不肯和我做欢，怎么办呢？得，我随身带着一块黄金，是鲁昭公赐给我的。常言道'财动人心'，我把这块黄金给了她，她好歹会随顺我。"便从怀中掏出一块黄金，对罗梅英说："你如肯随顺了我，我就把它给你。"罗梅英骂道："你这禽兽！你想用黄金收买人，你以为你是富家郎，倚仗囊中钱财便可胡作非为。我骂你这个禽兽。"男人道："小娘子，你不肯，我跟随你，纵使到你家，我也要和你成就这门亲事。"罗梅英道："你休想。"

男人见罗梅英软硬不吃，恼羞成怒，说："小娘子，你还不肯。我一不做二不休，我打死你得了。"罗梅英道："你敢打姑奶奶！你瞅我一瞅，黥了你额颅；你扯我一扯，削了你手足；你碰我一碰，拷了你腰截骨；你掐我一掐，我让你卜字街头上木驴，我让你挨千刀受万剐。我又不曾掀了你家祖坟，我又不曾杀了你家眷属，你休要无礼。"男人道："你这婆娘，你不肯随顺我就罢了，为什么要这样骂我？"

罗梅英提着桑篮回家。

男人紧随其后行了几十步，转身朝驿馆走去。原来，这男人便是秋胡。当年秋胡从军，见了元帅。元帅见秋胡是文武全才，有心提拔他。秋胡累立军功，当了中大夫。他因老母和妻子在家，便请假还家探亲，鲁昭公赐他一块黄金。秋胡衣锦还乡，他在离家不远的地方更换了衣服，前往自家的桑园，正碰上罗梅英采桑。十年不见，秋胡没认出罗梅英，罗梅英也没认出秋胡。

罗梅英回到鲁家庄，来到自家门前，却见门前拴着一匹马，暗自吃了一惊："这衣冠禽兽在桑园中逗引我，我不肯，他竟公然赶到我家来了。"

罗梅英进门，见秋胡正和婆婆刘氏说话，便一把扯住秋胡。刘氏忙说："媳妇，你不要扯他。他是秋胡，今天回家了。你怎么不欢喜？"罗梅英出门，叫秋胡："秋胡，你来。"秋胡道："梅英，你叫我出来，有什么事？""你是不是逗引人家女人了？""我哪曾逗人家女人。""你还搪塞。桑园中你戏弄采桑妇，你怎消受得这乌靴象简紫绶金章。""是，不敢抵赖。""秋胡，你知道这十年我如何养活你母亲吗？你在朝中享富贵，我却挨尽凄凉，就为一夜恩情，受了半世凄凉。"

刘氏在门内喊道："媳妇，你来。"罗梅英和秋胡进屋。刘氏拿出一块黄金，对罗梅英说："媳妇，鲁君赐给我儿一块黄金，侍养老身。这十年多亏你，我将这黄金酬谢你。"罗梅英道："婆婆，媳妇不敢要。把它留着，你打一副簪子戴吧。"说完，将秋胡扯出屋外。

罗梅英责问秋胡："你做贼，我拿获了赃。这黄金是鲁

君赐你侍养老母亲的，桑园中，你把它送给采桑妇。假如采桑妇不是我，而是别人，她接了你黄金，随顺了你，你难道不怕饿死了你老娘。你心肝全无，性情浪荡。你给我一纸休书，免得人家说长道短。"秋胡道："你怎么要休书？我并没想休你。"

刘氏在屋内听见二人争吵，便问："秋胡，你为什么吵闹？"秋胡答道："娘，你媳妇不肯认我。"刘氏问："媳妇，你为什么不肯认秋胡？"罗梅英一个劲儿地向秋胡说："秋胡，拿休书给我，拿休书给我。"一家三口争吵不休。

大门外响起鼓乐声。

秋胡忙开门，原来是罗大户夫妇、李大户及一些奴仆。李大户昨日被罗梅英抢白一顿，扫兴回家，今天带许多狠仆前来抢亲。

秋胡怒喝一声："李大户，你来我家干什么？"

李大户见秋胡穿着官服，先软了半截，忙说："我听说你衣锦还乡，特来恭贺。"

罗大户道："呸！李大户，你怎么说他死了？"

李大户说："不是他死了，倒是我死了？"

秋胡叫一声"祗从"，祗从们听令。秋胡指着李大户对祗从们说："原来这厮造谣，夺人妻女。左右，与我拿下，把他送到巨野县，问他一个重罪。"祗从们把李大户捆上。

李大户争辩道："这不是我的主意，是你岳父岳母的主意。

他欠我四十石粮食,将他女儿转卖给我,我才带人来迎亲。"秋胡大怒,说:"这太可恶了。明明是你广放私债,逼人卖女。左右,告知巨野县官,将李大户重责四十大板,枷号三月,罚谷一千石济饥民。"祗从们答应,把李大户带走。

罗大户夫妇助纣为虐,有愧女儿女婿。"我们也没嘴脸待在这里,借送李大户到县里为名,赶紧溜走为上,免得女儿女婿全来责骂我们。"罗大户夫妇溜走。

刘氏劝罗梅英与秋胡和好。

秋胡同罗梅英和好如初。

沙门岛张生煮海
——《张生煮海》

东海岸边有一座石佛寺,寺里住着法云长老和一个行者。石佛寺是一座古刹,境界清幽,龙王和水卒常来此游玩。

一天,行者站在寺门前观看景致,忽见一个书生带着一个家童走向前来。

书生问行者:"借问行者,这寺有名吗?"行者回答:"山无名迷杀人,寺无名俗杀人。这是石佛寺。"书生又说:"小生是潮州人氏,姓张名羽,父母早年亡逝。小生自幼攻读诗书,只是命运不济,功名未遂。闲游四方,消遣闷怀。请行者报知长老,就说有一个闲游的秀才特来拜访。"

行者入内报知长老:"门外有一名秀才,他要探望师父。"长老道:"有请。"行者出门,将张羽二人迎入寺内。

张羽向长老作了一揖,述说了自己的遭遇,末了又说:"小生偶然闲游海上,因见此寺清幽,特来探望长老。求长老借一间净室给我,我在此温习经史。不知长老肯不肯?"长老道:"我寺中房舍尽有。行者,你收拾东南幽静处,扫净房舍,让这秀才读书。我回禅堂做功课去了。"长老自去,行者引张羽来到寺东南,开了一间净房,对张羽二人说:"秀才,给你这间房住。我回禅堂服侍师父去了。"行者离去。

张羽见天色已晚,便对家童说:"家童,你把我那张琴拿来,我弹一曲散散闷。"家童取出琴,安放在桌上。张羽道:"点上灯,焚起香。我且弹一曲《高山流水》,再奏一支《梅花三弄》。"

张羽凝神定气,舒开十指,轻拢慢捻,琴音飘逸屋外,飞入天宇。

此时一轮皓月当空,玉宇澄清,碧波映月。东海海波上升起一片祥云,龙女琼莲和侍女翠荷闲游海上。侍女指着远处对琼莲说:"姐姐,你看这大海澄清,长天一色,真是好景致!"琼莲道:"是好景致。澄澄碧海,耿耿长空,皓月映波。"

琼莲和侍女来到岸边,遥望石佛寺,隐隐闻到琴声。这琴声声声有情,曲曲有意。

侍女问琼莲:"姐姐。莫非这寺中有人在弄什么声响?"琼莲答:"是有人在抚琴。"

琼莲一行循声来到石佛寺。侍女从门缝往里一瞧,转身

告诉琼莲:"姐姐,里面是个秀才。人生得典雅,曲弹得清幽。"琼莲道:"他正在弹奏《凤求凰》,仿佛有万千情意全无着落,充满了哀怨失意情绪,如大雁哀鸣,似秋蝉悲吟。"

屋内,张羽正弹得神情飞越,琴弦却断绝。张羽心中疑惑:"怎么弦断了?莫非有人偷听?我出屋看个究竟。"张羽开门,琼莲躲闪不及。张羽惊叹:"好一个女子!"琼莲惊讶:"好一个秀才!"张羽忙问:"请问小娘子,你是何方人氏?为何夜行?"琼莲不慌不忙地说:"我家住绿波中,生在水晶宫。我是海中龙氏女。因见秀才弹琴,来此听琴,不料被你瞧见。""小娘子既为听琴而来,便是我知音了。为什么不到书房中坐下,待小生仔细弹一曲?""愿意到书房一坐。"

张羽将琼莲二人迎入房内。琼莲问:"先生高姓大名?"张羽道:"小生姓张名羽,潮州人,自幼父母双亡,饱读诗书,功名未遂。游学到此,并无妻室。"琼莲说:"原来如此。"张羽又说:"小娘子不嫌小生贫寒,就与小生结为夫妻如何?"琼莲道:"我见秀才聪明俊雅,愿为你妻。只是家中父母俱在,我无力自专,待我回家问准了他们,你到八月十五日中秋节时再来此地,我便招你为夫婿。""既然小娘子应允,何不今夜就成亲,岂不有趣?为何要等到八月十五?""有情不怕隔年期,有什么等不得的?""只要小娘子言而有信,我是个志诚老实的,等就等。你能否留下信物当作以后相见的凭证?""我把这随身带的鲛绡帕给你。""多谢小娘子。"

琼莲见时间不早,起身告辞,与侍女离开石佛寺。

张羽见琼莲离去,魂魄俱散,心想:"这女子妖娆艳冶,举世无双。她说让我去海边寻她,我也等不到中秋节,我就拿着这鲛绡帕到海边去寻她。"便吩咐家童:"你看着琴剑书箱,我寻龙女琼莲去了。"

张羽来到海边,四处寻找,不见琼莲踪影,只见青山绿水,翠柏苍松。进无路,退无路,进退两难。张羽无可奈何地坐在盘陀石上,眼望东海,长吁短叹。

张羽正在叹息之际,一个仙姑飘然来到面前,问他:"秀才,你是什么人?为什么到这?"张羽答道:"我是张羽,因游学到此,暂住石佛寺。昨夜弹琴,有一个漂亮女子龙琼莲来听琴,约我中秋节相会于海岸;我等不及,便来海边寻访她,却迷失道路。"仙女说:"那龙琼莲是东海龙王第三女。龙王兴云驾雾,你一旦惊怒他,他立刻便让你命丧黄泉。你休为那云雨期约,休为了龙氏女,断送了自己生命。"

张羽省悟:"哦,原来她是龙王女。她父亲十分凶狠,怎肯把她嫁我为妻。这婚姻事全成了泡影,只是我如何舍得琼莲。"仙姑道:"为你一片情意,我就成全你。我给你三件法宝,降伏龙王,让他把女儿嫁给你。"

张羽见事情有转机，忙问："什么法宝？"仙姑拿出一只银锅、一文金钱、一把铁勺，对张羽说："用铁勺将海水舀进锅里，放入这枚金钱，用火熬水。这锅内水少一分，海水就干十丈；锅内水少二分，海水就干二十丈。如把锅内的水全熬干，东海就见底了。东海龙王哪能坐得住，一定会派人来请你，招你为女婿。"张羽又问："在哪儿煮海为好？"仙姑道："你就在沙门岛煮海。"说完，化作一阵清风而去。

张羽带着三件法宝，折回石佛寺，叫上家童，前往沙门岛。

在沙门岛，张羽支起银锅，点上火，把海水舀进锅里，放入金钱。家童扇火，火势旺起来，锅中的水滚动起来。

张羽放眼望去，但见东海海水翻腾沸滚，忙叫家童把火扇得更旺。家童一边扇，一边说："怎么锅里水沸滚，海里水也沸滚，难道这锅儿应着海？"张羽在旁抿嘴而笑。

只听远处响起法云长老声音："秀才，你在这煮什么？"

张羽说："我煮海。"

法云长老问："你煮海干什么？"

"老师父你有所不知。我前夜在寺中弹琴，有一个女子前来窃听。她说她是龙氏三娘，小字琼莲，亲自许我中秋会约。我不见她来，又寻不着她，便要在这里煮海，直到把她煎出来。"

"秀才，你且慢着。老衲我正在禅床打坐，东海龙王派人来请我,说有一个秀才拿着锅将海水煮沸。龙王没处躲避,特求我来观望动静。你看在我的面子上,把火熄了。"

"老师父,你别管我。我定要见过那龙琼莲,定要龙王答应招我为女婿,我才熄火,否则将海水煮干。"

"秀才,东海龙王请老僧我做媒,招你为东床快婿。"

"老师父,你不要耍弄我。我是个凡人,怎能入海成亲。要招我为女婿,让龙王带着女儿上岸来。"

"秀才,你不用担心,我带你入龙宫,包你没事。"

张羽收起法宝,让家童看守它们,自己和法云长老入海,去见东海龙王和龙女。

东海龙王在龙宫设宴款待张羽、法云长老,然后让琼莲和张羽成亲。

一时间,虾兵蟹将搬东运西,把东西准备好,鼓乐声响起。

琼莲和张羽举杯敬龙王和龙母,就在水晶宫里成了亲。

张生莺莺会西厢

——《西厢记》

唐代崔相国病逝,其妻郑氏和女儿崔莺莺率奴仆红娘和儿子欢郎,护送崔相国灵柩回博陵安葬。途中遇阻,郑氏一行取道河中府,将灵柩寄在普救寺内。

这普救寺是崔相国修造的,又是武则天的香火院,寺中法本长老是崔相国剃度的。郑夫人便在西厢寻了一座房宅,暂时住下来。郑夫人又写书托人寄到京城郑恒家,让郑恒来娶崔莺莺。崔相国在世时,把女儿莺莺许给了郑氏的侄儿郑恒。

时值暮春天气,花落水流红。

崔莺莺和侍女红娘到佛殿上闲耍散心。崔莺莺见春残花落,不免起了伤春情绪,折下一朵红花,拿在手中。

莺莺见佛殿清幽,闲杂人员全无,止不住对红娘说:"红娘你看,'寂寂僧房人不到,满阶苔衬落花红'。"红娘眼尖,见对面走来一书生和一和尚,忙对莺莺说:"那边有人来，小姐，我们回房去吧。"莺莺见书生长得清秀雅致，便有心看了他一眼，同红娘离开佛殿。

这书生见莺莺离去，对和尚法聪说："刚才观音菩萨怎么出现了？"法聪说："不要胡说，这是崔相国的小姐。"书生道："世间有这样女子，岂不是天姿国色？"法聪说："不要胡思乱想了，崔小姐早已走远了。"

书生沉思半晌，道："今日得见天姿国色，我才一饱眼福。人们说'十年不识君王面，始信婵娟解误人'，我如今不去京城应举了。"便对法聪说："请和尚禀告长老，借一间净房，我早晚在此温习经史，房钱依例交纳。明天我再来。"便辞别法聪，离开佛殿。

原来，这个书生姓张名珙，字君瑞，父母已逝。张珙功名未就，游学四方。只因要上京应试，路经河中府，经过蒲关，前往拜访同乡同学杜确。杜确官拜征西大元帅，统领十万大军，镇守蒲关。张珙拜访杜确，没有遇上，便向人打听附近景致。对方告诉他："俺这儿有一座普救寺，南来北往、三教九流人物全都瞻仰它，你可以去看看。"张珙便来到普救寺，想拜见法本长老。法本长老外出了，和尚法聪接待了张珙，请他瞻仰佛像，张珙和法聪便在佛殿上巧遇了莺莺。

张珙回到旅店中，好生放心不下："我如何能抛撇崔小姐，这相思病是患定了。"熬过了一夜，次日早晨，张珙急忙洗漱完毕，带了书童赶到普救寺。

法聪领张珙去见法本长老。法本开口说："昨日老衲不在，有失迎接，望先生宽恕。"张珙道："小生久闻长老清誉，前来座下听讲。今日相见，三生有幸。"法本说："先生有什么请求？"张珙道："小生厌恶旅店喧闹，早晚难以温习经史，想在寺中借一间净室，温习经史，房钱照给。"法本说："敝寺闲房颇多，任先生挑选。"张珙说："我想远离南轩东墙，只要靠着西厢。"

正说话之间，红娘走进来，问法本："老夫人派我来问长老，什么时候给老相公做好事？"法本答道："二月十五日可与老相公做好事。"红娘又说："我和长老同去佛殿看看，我好回老夫人话。"法本说："道场都准备好了，十五日请老夫人和小姐拈香就是了。"张珙在一旁问："为什么拈香？"法本答："崔小姐至孝，为报父母恩。况且十五日又是崔小姐除祭服的日子，所以要焚香。"张珙哭道："小姐是个女子，尚且有报父母之心。我自从父母下世后，并没烧一张纸钱。望长老慈悲为本，我也出钱五千铜板，让我追荐父母。"法本见此情景，忙说："法聪，你替这位先生带一份斋。"之后，法本与红娘去佛殿了。

张珙忙问法聪："那小姐明天来吗？"法聪说："既是追祭她父亲，她怎么不来？"张珙心中暗自高兴："这五千铜钱也值了。人间天上，看莺莺胜似做道场。"他一边在心中盘算，一边等待法本和红娘回来，然后在方丈门外等候红娘。

红娘辞别法本长老,走到方丈门口,迎面碰上张珙。

张珙向红娘作了一揖,红娘还了他一个"万福"。

"小娘子莫非是莺莺小姐的侍女?"

"我就是。何劳先生问及?"

"小生姓张,名珙,字君瑞,本贯西洛人,年方二十三岁,正月十七日子时出生,并不曾娶妻。"

"谁问你这些了?"

"你家小姐常出来吗?"

"先生是读书人,岂不闻'非礼勿视,非礼勿听,非礼勿言,非礼勿动'?不干己事,为何用心?今后能问的便问,不能问的不要胡说!"

张珙被说得脸上忽红忽白,红娘匆匆离去。

张珙去向法本告别,道:"请问长老,房舍之事如何?"法本道:"塔院侧边西厢有一间房,已收拾好了,任凭先生居住。"张珙说:"既然如此,我便去旅店把行李搬来。"说完,招呼书童回旅店。

张珙和书童就住在西厢了。

红娘回到住处后,先禀告郑夫人:"回老夫人话,长老说十五日请夫人小姐拈香。"随即又到莺莺房中。莺莺问:"长老几时做好事?"红娘道:"长老说十五日请夫人小姐拈香。"

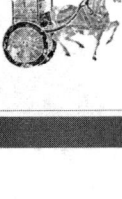

红娘刚说到这儿,忍不住笑了,对莺莺说:"小姐,我告诉你一件好笑的事。我们前天在寺中见的那个秀才,他今日也在方丈那里。他先出门等着我,唱喏道:'小生姓张,名珙,字君瑞,本贯西洛人,年方二十三岁,正月十七日子时出生,并不曾娶妻。'小姐你说他好笑不好笑?他又问:'小娘子莫非是莺莺小姐的侍女?小姐常出来吗?'被我抢白他一顿。小姐,我不知道他想什么,天下竟有这样的傻子!"莺莺也笑了,说:"红娘,休对老夫人说。咱们到花园中烧香去。"

莺莺和红娘开了角门,搬出香案,将香案摆在太湖石畔,点香祈祷。

张珙所住的西厢房恰好与莺莺所住的地方毗邻,仅隔着一个花园。张珙早向寺中的和尚们打听过,莺莺每晚在花园中烧香,便决定在当晚莺莺烧香时仔细看她。

张珙就在太湖石畔墙角边观看莺莺烧香,听她祈祷什么。

莺莺说:"这第一炷香,愿先人早升天界。这第二炷香,愿老母身安无事。这第三炷香……"说到此处就打住了。红娘道:"小姐不说,我替小姐说吧。愿小姐早寻一个可意称心郎君。"莺莺在旁低首沉思,长吁短叹。

张珙见莺莺倚栏长叹,心动神摇,自思:"我虽不及司马相如,小姐却有卓文君意。我如今作诗一首,试探她一

次。"便站起身,轻吟:

> 月色溶溶夜,花阴寂寂春。
> 如何临皓魄,不见月中人?

莺莺闻声对红娘说:"有人在墙角吟诗。"红娘笑道:"这声音正是那个二十三岁不曾娶妻的傻子。"莺莺见张珙所吟诗篇清新,便依韵吟了一首:

> 兰闺久寂寞,无事度芳春。
> 料得行吟者,应怜长叹人。

张珙听见莺莺所吟的诗,连声称赞:"应答得真快。语句清,音律轻。如她能和酬和到天明,方显得'惺惺惜惺惺'。"便拽起罗衫衣,从墙角走出来。

红娘忙说:"小姐,有人。我们回房去,怕夫人发怒。"莺莺不语,凝视张珙。红娘拉着莺莺就走,莺莺回视张珙。

张珙叹气:"今夜如何挨到天明。回房独对青灯,有梦也难成。为我那小姐呀,怨也不能,恨也不能;为我那小姐呀,坐也不安,睡也不宁。"垂头丧气,自回屋里。

转眼间已是二月十五日,法本长老与众和尚给崔相国做道场,张珙也忙前忙后,盼望莺莺出现。

郑夫人领着莺莺来到佛殿，红娘随身服侍。

张珙放眼瞧去，此时莺莺更见风致：樱桃小口，芙蓉面，杨柳腰，浑身透着俊娇。张珙暗自惊叹："小子多愁多病身，怎挡她倾国倾城貌。"

法本长老见了莺莺，也把持不住，在法座上呆视。

司仪的班首见了莺莺，举动失措，把法聪头当作金磬敲。

众和尚神魂颠倒，种种可笑。

法事已完，天色刚亮。

郑夫人、莺莺、红娘回宅。

莺莺自从见了张珙后，神魂荡漾，心绪不宁，每天坐不安睡不稳，茶饭不思。红娘随身服侍，莺莺反觉得红娘监视自己，便对红娘有所埋怨："我一出闺门，你就如影随形。你这个小梅香服侍勤，老夫人拘束紧，只怕我输了体面。"红娘道："不干红娘事，老夫人派我跟着小姐。小姐，你往常不像现在无情无绪，自从见了那人以后，你便心绪不安，这是为什么？"莺莺解释说："他是个文章士，脸清身秀，性情温顺，怎不让人惦念。"

正说话间，郑夫人和法本长老来到。郑夫人开口说："孩儿，你知道吗？如今孙飞虎率领五千士兵包围了普救寺，说是因为你眉黛青颦，莲面生春，似倾国倾城的杨太真，他要抢你做压寨夫人。儿呀，这可怎么办呢？"法本长老也在旁边说:"那孙飞虎限三日内将小姐献出去,三日后不献出小姐,便将寺院烧毁,僧俗人众全部杀死。"

莺莺一听此话,先是愣住了,过了一会儿,才缓过神来,说:"孩儿有一计,只将我给了孙飞虎为妻,万事俱休。"郑夫人道:"不行。我怎能将你献给强贼,岂能辱没了咱家家谱?"法本长老道:"夫人,依老衲之见,就向僧俗人众讨个计策。"郑夫人说:"言之有理。"莺莺又说:"母亲,孩儿另有一计:不论什么人,只要他杀退贼军,建立功勋,情愿倒赔家财,嫁给退敌英雄。"郑夫人想了想,说:"此计还行。虽然不是门当户对,也强过陷于贼人手中。法本长老,请你在法堂上高叫:'众僧俗,但有退兵之策者,愿倒赔房奁,把莺莺嫁给他。'"

法本长老和郑夫人一行来到法堂上。法本长老高叫:"有退兵之策者,老夫人愿把女儿莺莺嫁给他。"

张珙从人群中走出,拍掌大笑,说:"我有退兵之策。"郑夫人问:"秀才,你有什么计策?"张珙说:"'重赏之下,必有勇夫。'先让法本长老稳住孙飞虎,就说:'夫人要送小姐出来,只是小姐父丧在身。将军若要做女婿,可按甲束兵,退一箭之遥。待三日后功德圆满,脱了孝服,定把小姐送给将军为妻。'然后再定计。"法本长老问:"三日之后怎么办?"张珙说:"我有一个故友杜确,现统十万大兵,镇守蒲关。我写一封信托人送去,他一定会来救我。"

法本长老便到寺门外，与孙飞虎搭话："将军息怒！夫人派老僧传话，三日后送小姐与将军成亲。"孙飞虎道："既然如此，我等着。三日后不送小姐出来，我把你寺中人全部杀死。"说完，率兵后撤。法本长老回到法堂，对郑夫人说："贼人已退。"张珙在一旁陷入了沉思，半晌方才说："从这到蒲关有四十五里，派谁去送信呢？"法本长老接话道："我有一徒弟惠明，极爱喝酒厮打，如今用话激他，他一定肯去。"张珙便高叫："有封信寄给杜将军，谁敢去？谁敢去？"

惠明站出来，高声说："我去，我去。"张珙把写好的信交给惠明，惠明手提戒刀、铁棒向寺外走去。

惠明赶到蒲关，见了杜确，呈上张珙书信，说："孙飞虎叛乱，兵围普救寺，要抢崔相国女儿为妻。张珙客寄普救寺，派我向将军求救。"杜确拆开书信，看完，对惠明说："既然如此，和尚先行，我率兵随后就到。"

惠明先回普救寺，把消息告知寺中众人。

杜确点了五千人马，赶到普救寺，击溃叛兵，擒住孙飞虎。

张珙等人设筵款待杜确。杜确说："张生献退贼计策，夫人面许结亲。如不违前言，淑女正可配君子。"郑夫人道："只恐小女有辱君子。"杜确向众人告辞，回营中。

郑夫人对张珙说："先生大恩，老身不敢忘。明日略备

小酌，让红娘来请先生。先生一定要来。"郑夫人和红娘自回宅中。次日，红娘来请张珙赴席。

张珙早打扮停当，在书院中焦急等待。红娘一进门，张珙便问："敢问席上有莺莺小姐吗？"红娘道："夫人设筵，一来为压惊，二来是谢恩。不请街坊，不请众僧，只请老兄一人，让你和莺莺成匹配。"张珙说："小娘子先行，我随后便来。"红娘自回。

郑夫人已在后堂排好桌椅，布好酒果。

张珙来到，向郑夫人施礼。郑夫人道："前天如不是先生设计出谋，怎能有今日。聊备小酌，先生勿嫌小气。"张珙恭敬地回答："这都是往事了，不必挂齿。"

郑夫人让红娘去请莺莺。

红娘来到闺房，对莺莺说："老夫人在后堂待客，请小姐出去作陪。"莺莺说："我身子不快，不想去。""小姐，你猜老夫人请谁？""请谁？""请张生。""既是请张生，我便扶病也去作陪。"

莺莺一边走，一边对红娘说："如不是张秀才识人多，谁能退干戈。他救了我家祸，应该正礼钦敬才是。"红娘说："小姐，往日你两个都害相思，今天相思债可一笔勾销了。"莺莺便道："他相思为我，我相思为他。"

莺莺和红娘来到后堂，见过郑夫人。郑夫人说："我儿，你近前拜了哥哥吧。"一句话顿生波浪，张珙心说："事情

不好了。"莺莺愣住了："我娘变卦了。"红娘呆了："这两个人又该害相思了。"

郑夫人道："红娘，斟上热酒，让小姐与哥哥把盏劝酒。"

莺莺粉颈低垂，蛾眉紧皱，星眼朦胧，双唇颤动，只得手捧一杯酒去劝张珙："你且喝一杯。"郑夫人也劝道："先生，满饮一杯。"

张珙满心欢喜竟成空，此时抑郁不乐，推辞说："小生酒量小，多谢了。"

莺莺见张珙愁云密布，顿生怜悯，叹息一声："我娘口不应心，既许亲事，又如此折磨人。"

郑夫人见众人都面有失望色彩，便对红娘说："红娘，送小姐入卧房去。"红娘搀扶莺莺入房休息。

莺莺在房中暗自流泪，心想："佳人自古多命薄，秀才从来就懦弱。刚才笑呵呵，如今哭啼啼。都怪老母亲，成也萧何，败也萧何。老母亲你用甜话落空了他，用虚名误赚了我。"蒙头便睡。后堂中，张珙气冲冲地说："我醉了，告退。老夫人既当日答应退贼之后结亲，我挺身而出，解去危难。原以为今日赴席是喜庆事，不知老夫人何意，竟让小姐以兄妹之礼待我？我并非贪图钱财而来，既然事不谐，我便告退了。"郑夫人说："先生有救命之恩，理应把小女许配你。只是先相国在世时，已把小女许给我侄儿郑恒了，我已写信让他来。如果他来了，我岂能一女嫁二夫？我今以金帛酬谢先生，请先生另择高门。"张珙道："我只要与小姐成亲。既然老夫人不许，我今日便告辞了。"

郑夫人对红娘说："红娘，你扶张秀才去书房中休息，明天再商计。"说完，便离开后堂，回卧室去了。

张珙向红娘跪下，说："我为小姐废寝忘食，好容易才盼到快成就婚姻了，老夫人变卦，我已智穷思尽了。你可怜可怜我，把我情意说给小姐知道。就在你面前，我解下腰带寻个自尽得了。"边说边解腰带。红娘止住他，说："街上柴贱，正好烧你这个傻角。你不要慌，我同你商量个计谋。""你有什么计？快说。""我见你书房中有一张琴，你必善于弹琴。我家小姐特喜欢琴。今夜我和小姐到花园中烧香，你但听我咳嗽为号，便弹琴。小姐到时定会有所感触，我再把你的心意转告她，那时再商量个对策。"

红娘回房服侍老夫人、小姐，张珙自回书房，等待晚上相会。

莺莺和红娘依旧例，到花园中烧香。

莺莺因白天之事，心有余悸，对红娘说："事已无成，烧香何用？"

此刻，云敛晴空，明月当空。莺莺见月伤心，自叹："月亮啊，你团圆了，我却不团圆！"红娘在一旁故意咳嗽。

张珙在书房中听见预定暗号，便弹琴。琴声激昂，如铁

骑刀枪迸响；琴声幽暗，似流水落花；琴声似清风朗月鹤鸣空；琴声似小儿女喁喁私语。

莺莺凝神静气，听出了琴声内蕴，说道："他弹琴，思无穷；我听琴，意已通。他曲未终，我情已浓，只恨伯劳飞燕各西东。"听着听着，莺莺循着琴声传来的方向，走近书房，红娘知趣地躲往一边去。

张珙已觉察莺莺在听琴，便将曲调改换，弹奏起《凤求凰》曲，并且自唱：

有美人兮，见之不忘。
一日不见兮，思之如狂。
凤飞翩翩兮，四海求凰。
无奈佳人兮，不在东墙。
张弦代语兮，欲诉衷肠。
何时见许兮，慰我彷徨？
愿言配德兮，携手相将。
不得于飞兮，使我沦亡。

莺莺听琴听歌，止不住称赞道："曲弹得妙，歌唱得好。词哀情切，让我听后，不觉泪下。知音者芳心自懂，感怀者断肠悲痛。"

张珙听见莺莺称赞声，隔窗说："夫人已忘恩，小姐，你也说谎啊！"莺莺说："你错怨了我。这都是娘的计谋，并不是我耍弄你，我真心要效鸾凤。"

红娘折回来，对莺莺说："夫人找小姐呢，我们回屋去吧。"

莺莺无奈，只得随红娘进屋去。

张珙自此得病。

莺莺听说张珙害病，派红娘去探听究竟。莺莺道："我有一件事求你。"红娘问："什么事？"莺莺道："你去看张生一次，看他说些什么，你来回我话。"

红娘边走边想："咱这一家，全亏了张生。只是夫人失信，推托别词，将莺莺和张生婚姻打灭，只令他们互以兄妹相待。老夫人一句话，使张生糊涂了胸中锦绣，让莺莺泪湿了脸上胭脂。"

红娘来到书院，只见张珙躺在床上，气色涩滞，声息微弱，脸盘黄瘦。

张珙听到脚步声，问："谁？"

"我是个散相思的五瘟使，小姐派我来探视你。"红娘应道。

"既然你来此，小姐一定有言语相告。"

"小姐脂粉不施，日夜思念你这个傻子。"

"小姐既有见怜之心，我有一信，烦请你带给小姐。"

张珙挣扎着起身，从怀中掏出一封信，递给红娘。红娘假装害怕，说："她看了这诗，到时怒骂我'你这小妮子怎敢胡行事'，撕了信，怎么办？"张珙道："我以后多用金帛酬谢你。"红娘一听此言，又气又恼，说："你这个穷酸饿醋，真没劲儿。你卖弄你的家私，难道我红娘贪图你的钱物？你太轻视人了。我虽是个婆娘，却有志气。你如说'你可怜我只身独影'，我才给你出谋。""依着你。你可怜我只身独影。""你快写信，我给你带去。"

张珙写信。红娘说："你把信读给我听。"张珙把信读了一遍。

红娘带着信离去。

红娘来到莺莺房中，莺莺正巧入睡。红娘心想："我如把信交给她，只恐小姐她有许多假意儿。我且把信放在妆盒里，看她说些什么。"便把信放在妆盒中。

莺莺醒来，照镜梳妆，见妆盒中的信，拿在手中看，翻来覆去，看了又看。

"红娘！"莺莺怒喝一声。

红娘不敢出声，心中说："呀，坏事了。"

"小贱人，你怎么不过来？"莺莺又喝一声。

红娘低垂着头，磨磨蹭蹭站到莺莺身边。

"小贱人，这东西哪里来的？我是相国的小姐，谁敢将这简帖儿来戏弄我，我几曾惯看这等东西？告诉夫人，打下你小贱人的腿。"

"小姐,你派我去,他让我拿来。我不识字,怎知他写了些什么?分明是你的过错,没来由把我责骂。你不惯,谁曾惯?小姐,你休闹。你去告诉老夫人,我拿着这简帖儿向老夫人告发你。"

红娘拿了简帖儿往外走,莺莺忙拉住红娘:"我逗你呢!"红娘挣脱,说:"放手,看打下我腿来。"莺莺红了脸,问:"张生这两日如何?"红娘道:"我不说。"莺莺求红娘:"好姐姐,你把他情况说给我听吧。"红娘道:"张生瘦得难看,不思茶饭,懒得动弹,晓夜盼佳期,废寝忘餐。小姐,都是你害得他七死八活。"

莺莺就用眉笔写了一个简帖,交给红娘:"红娘,你拿去对他说:'小姐看望先生,兄妹之礼相待,非有他意。'如再似刚才那样,我一定让老夫人知道,让你摆脱不了干系。"红娘道:"我如不去,你说我违拗你,张生又等我回话。我就去一趟。小姐,你性情太乖张,对人花言巧语,没人处便想张生。"

红娘手持简帖儿来见张珙。张珙问:"擎天柱,大事如何了?"红娘道:"不济事了,先生休傻了。"张珙说:"我的简帖儿是一道会亲的符箓,肯定是你不用心,故意如此。"红娘道:"我不用心?有天理,你那个简帖儿太好了!你不必申诉肺腑,我怕夫人找我,先回去了。"

张珙一听此言,忙说:"你这一去,谁能为我分剖心事。

望你救我一命。"说到这里,朝着红娘跪下,继续说,"望你救我一命。"红娘道:"张先生你是读书人,难道不知此中意思。你想恩情美满,却让我受摧残。我要救你,可又怕小姐性情乖张;我不救你……"张珙忙接口说:"我这条性命,全由你掌握。"

红娘猛然想起小姐的简帖,便说:"这是小姐回你的信,你自己看吧。"

张珙接信,愁云顿消,笑道:"呀,有这场喜事。早知小姐简帖至,理应迎接,接待不及,勿见罪!红娘,你也该欢喜呢。"红娘忙问:"怎么回事?"

张珙说:"你别急,听我说与你听。小姐骂我都是假的,书中之意,她让我今夜到花园去,和她合欢。"红娘道:"你读给我听。"张珙读诗:

待月西厢下,迎风户半开。

隔墙花影动,疑是玉人来。

红娘说:"她怎么说让你见她?你解给我听。"张珙道:"'待月西厢下',是让我月上来;'迎风户半开',她开门待我;'隔墙花影动,疑是玉人来',她让我跳墙过去。"红娘说:"你看我家小姐,对我也使诈,瞒着寄书人。我先回了。"

张珙等待黑夜到来，眼望西方，祈祷太阳早些落山，从晌午等到太阳西沉，从太阳西沉等到月出东山。张珙先到花园墙边等候。

红娘搀着莺莺到花园烧香。

红娘先开了角门，咳嗽为号。张珙听见咳嗽声，急忙走出，搂住红娘，说："小姐，你来了。"红娘道："禽兽，是我。你看仔细了，如果是老夫人，你也搂住她不成？""我眼花了，搂错了人。""我问你，小姐真让你来会她？""我是猜谜行家，风流萧何，浪子陆贾，一定不会猜错她信中意思。""你从墙上跳过去，与她成就好事。"红娘仍从角门进花园。

张珙从墙上跳入花园，搂住站在湖山石边的莺莺。莺莺问："谁？""我。""张生，你是何等人。我在这里烧香，你无故到此，被人看见，怎么说理。"

张珙哑口无言。

红娘蹑足潜踪，听他们说话，见他们两人一个羞惭，一个发怒，心中很不自在。张生嘴巴哪里去了！向前搂住她，丢翻在地，成就好事，还怕她变卦。

莺莺叫："红娘，有贼。"

红娘问："是谁？"

"是我。"张珙答道。

"张生，你到这里干什么？"红娘假意问。

"扯他到夫人那里去!"莺莺吩咐红娘。

"到夫人那儿,怕坏他的德行。我和小姐处分他一场。张生,你过来跪着!你深更半夜到此何为?"红娘说,"你知罪吗?"

张珙道:"我不知罪。"

红娘对莺莺说:"小姐,你看在红娘面上,饶过他吧。"莺莺应道:"就依你。"便转身对张珙说道:"如不看在红娘面上,一定要扯你到夫人那儿,看你有什么脸见人?起来。"张珙站起身。

莺莺又说:"先生虽有救命之恩,有恩必报。只是你我既为兄妹,怎能生淫心?万一夫人知道,先生怎么自安?今后再休如此,否则与你没完。"说完,先回房去。

红娘调侃张珙:"羞,羞!你不是风流萧何、浪子陆贾吗?"张珙道:"多多得罪你了。我再写一简,烦你带去,诉我衷情。""我再不给你传书递简了,你专心读书吧。"红娘也回房去了。

张珙索然寡味,自回书院中休息。

张珙本来有病在身,加上昨夜花园中被莺莺抢白一顿,病上加气,病情更重了。

莺莺从郑夫人那儿听知张珙病重消息,于心不忍,请红娘商量:"张生病重,我有一好药方,你帮我拿去。"红娘道:"你又来了。小姐,你可别把他害死了。"

红娘拿着莺莺所写的药方,探望张珙:"哥哥病体如何?"张珙叹口气,说:"快死了。我如果死啊,你在阎王殿前少不得做个干连人。"红娘叹道:"普天下害相思的不似你这个傻角。你呀,心不存学海文林,梦不离柳影花荫,只去那窃玉偷香上用心。你为什么病得这样沉重?"张珙道:"都因你们说谎,昨夜我被你们气得要死。我救人,反被人害了。自古人们都说'痴心女子负心汉',如今却反过来了,'痴心男子负心女'。"红娘说:"老夫人派我来探望你,小姐有一个药方在此。"

"在哪里?"张珙忙问。红娘拿出一个简帖儿,说:"这是小姐亲手写的药方,你自己看。"

张珙边看边笑:"早知小姐书来,只该远接。"红娘疑惑,问:"又怎么了?这可是第二次了。"张珙说:"你不知道,小姐要与我合欢。"红娘反问:"笑你这个疯魔的翰林,无处问佳音,只向简帖上寻计策,把张简帖当作锦囊妙计。我家小姐信中说些什么?"张珙说:"你且听我读这首诗。"张生读诗:

休将闲事苦萦怀,取次摧残天赋才。
不意当时完妾命,岂防今日作君灾?
仰图厚德难从礼,谨奉新诗可当媒。
寄语高唐休咏赋,今宵端的雨云来。

读罢诗，张生道："小姐一定会来。"红娘道："她来又怎样？你只有一条布被，头枕三尺瑶琴。她来了，怎么和你一处寝？冻得她战战兢兢，还说什么知音？""我有花纹银子十两，你替我收拾一个铺盖。今夜成就了好事，我终身不敢忘你大恩。"

红娘回房去了，将消息告知莺莺，并说："小姐，你这次休捉弄张生了，害了他性命可不是耍。你如再翻悔，我便向老夫人说，是你让我拿帖子去约他来的。"莺莺假装发怒，说："你这小贱人倒会放刁。我怎好去他那儿，怪羞人的。"红娘说："有什么害羞的，到那儿便合上双皮，眼不见为净。"

红娘送莺莺来到张珙书房，自己留在外面。

张珙见莺莺，跪在地上，说："我张珙有什么德能，让神女下凡。"

莺莺低头不语，只倚着鸳鸯枕，坐着发愣。张珙温存地把莺莺抱在怀里，轻解纽扣，暗分罗带，莺莺害羞，不肯回头看张珙。张珙加倍温存，莺莺半推半就，又惊又喜，两人云雨一番，得成鱼水之欢。

"谢小姐不弃，张珙今日得遂所愿，异日当报答小姐。"张珙说。

"我千金之身全托于你，不要他日抛弃我，让我有卓文君那种伤感。"莺莺哭着说。

"我怎敢如此。"张珙连忙表白。

红娘听他们俩成就了好事，对张珙和莺莺说："张生，来拜你娘，你该欢喜了。小姐，咱们回去吧。"

从此每到夜晚，莺莺必与张珙同寝。

郑夫人见莺莺连日来神情恍惚，腰肢体态与往日不同，心中吃惊："莫非这小妮子做了那种事？我得问红娘。"便让欢郎去叫红娘。

红娘来到，欢郎退去。

郑夫人问："小贱人，为什么不跪下？你知罪吗？"

"不知罪。"红娘回答。

"你还嘴硬。你如实说了，我就饶你；你不实说，我打死你这个小贱人。谁让你和小姐去花园中？"

"没去。谁看见了？"

"欢郎看见你们去了。"

郑夫人拿出家法，朝红娘身上打去。红娘一边躲，一边说："夫人休闪了手，且息怒，听红娘说。红娘和小姐听说张生病了，背着夫人，到书房问候他。"

"他说了些什么？你们做了什么？"

"他说：'老夫人将恩变仇，让我喜变忧。'他又说：'红娘你先走，让小姐暂留。'"

"小姐是个女孩，张生让她暂留，想干什么？"

"他们当时成了燕侣莺俦，到如今已有一个多月，他们在一处同宿。夫人，你何必一一问缘由。"

"这些事都是你这小贱人引逗的。"

"不是张生、红娘、小姐之罪，乃是夫人之过。"

"你这小贱人，倒指责我了。我有什么罪过？"

红娘反戈一击，数着郑夫人过错："信是人之根本，'人而无信，不知其可'。当日兵围普救寺，夫人许退兵者，愿以女儿嫁他。张生慕小姐颜色，献退兵计策。兵退身安，夫人翻悔前言，岂不是失信吗？既然不肯成就亲事，便应该用金帛打发张生离去，不应该留张生在书院，使怨女旷夫早晚相见，这便是老夫人的失误。现在老夫人如不止息这件事，将辱没相国家谱。纵使打官司，夫人也落个治家不严之罪。一旦穷究其事，人们也将知道老夫人背义忘恩。红娘不敢自专，望老夫人裁处。不如宽恕他们罪过，成就大事，遮掩污点。"

"你这小贱人说得有道理。我不该养这么一个不肖女。要是送到官府去，便玷辱了我家门。我家无犯法男子，无再婚女儿。得了，我把这个不肖女给张生罢了。"郑夫人想一想，又说，"红娘，你去叫小姐来。"

红娘请莺莺来见郑夫人。

郑夫人对莺莺怒斥道："莺莺，我怎么抚养你的，你竟做下这种见不得人的勾当。都是我的罪孽，还怨谁呢？我想去告官,又恐玷辱了家门,这种事不应该是我相国人家能做的事情。谁家养女儿像我一样不长进!"停一停,又厉声对红娘说:"红娘,到书房去请张生那禽兽来,我有话对他说。"

红娘奉郑夫人的话,到书房中叫来张珙。"张生,你的事发了。如今老夫人叫你,要将小姐许配给你。"张珙惶恐不安,说:"我怎么去见老夫人?"

张珙硬着头皮,随红娘来到郑夫人前。

郑夫人说:"好秀才,你不守先王之道,我本想将你送官府问罪,又担心玷辱了我家谱。如今我将莺莺许配你,只是我家三辈不曾招白衣女婿。你明日便上朝应试去,我替你养着媳妇。你得官啊,便来见我;不得官,休来见我。"

张珙被郑夫人说得面红耳赤,哑口无言,愣愣地站着。红娘在一边小声说:"张生,你今日该欢喜了。"

郑夫人对众人说:"明天收拾行装,安排果酒,请法本长老一同送张生到十里长亭。"众人答应,各自散去。

时值秋天,碧云天,黄花地,西风紧,北雁南飞,霜林染醉。

十里长亭,郑夫人和法本长老已经准备好筵席,送张生赴京应试。

张珙、莺莺、红娘一同前往长亭。张珙骑马在前,莺莺、红娘乘车在后。

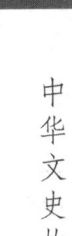

莺莺满心惆怅，泪流满面，心中悲叹："悲欢聚散一杯酒，南北东西万里程。恨相见得迟，怨归去得疾。柳丝长玉骢难系，恨不倩疏林挂住斜晖。马儿迍迍地行，车儿快快地随。见安排着车儿马儿，不由人熬熬煎煎地气。有什么心情将花儿靥儿，打扮得娇娇滴滴的媚。从今以后，只准备着被儿枕儿，一天到晚昏昏沉沉地睡。"

张珙、莺莺、红娘来到长亭，见过郑夫人和法本长老。

郑夫人说："张生和长老坐，小姐这边坐，红娘拿酒来。张生，你向前来，既是自家亲眷，不要回避。我今天把莺莺嫁给你，你到京城夺一个状元回来，不要辱没了我女儿。"张珙点头答应："托夫人余荫，凭胸中才学，我视官如拾芥，白夺一个状元回来。"

莺莺偷眼望张珙，见他眼中垂泪却不敢流，低着头，长叹气。

郑夫人让莺莺劝酒，红娘把酒递给莺莺，莺莺举杯劝张珙："请吃酒！但得一个并头莲，胜过状元及第。"

郑夫人、法本长老先回普救寺。

莺莺对张珙说："张生，不论得官不得官，你早回来。"张珙道："我这一去定要夺个状元。""我有诗一首，为你送行。'弃掷今何在，当时且自亲。还将旧来意，怜取眼前人。'"张珙道："小姐说错了，我张珙怎敢怜别人？我也依韵作一诗，剖明我心。'人生长远别，孰与最关亲？不遇知音者，谁怜长叹人？'"张珙就要骑马远去，莺莺和红娘也要回普救寺。

张珙跨鞍上马，莺莺叮嘱他："到京师服水土，趁程途节饮食，顺时自保身体。荒村野店要留心。早睡晚起。你休忧'文齐福不齐'，我只怕你停妻再娶妻。如见了那异乡花草，再休留意她们。"

张珙挥鞭跨马，霎时间便无踪影了。

但见青山疏林遮断视线，淡烟暮霭弥漫驿道，夕阳古道，秋风马嘶。

莺莺和红娘回普救寺。

郑恒在京中接到郑夫人的信，来到河中府，要与莺莺完婚。

郑恒先找红娘问明了情况，再来见郑夫人。

"孩儿，莺莺因孙飞虎围普救寺一事，许给张生了。"郑夫人说。

"哪个张生？莫非就是状元。我在京听说他已被卫尚书赘为女婿。那卫尚书逼张生，要张生立莺莺为次妻。"郑恒生出恶计，要抢莺莺到手。

郑夫人一听郑恒的话，信以为真，说："我说这秀才不中抬举，他果然辜负了我家。我相国家，从没有给人做次妻的例子。既然张生奉旨娶妻，侄儿，你拣个吉日良辰，依着你姑夫的话，做我家女婿。"

郑恒自去张罗，准备与莺莺结亲，暗自庆幸自己计策成功。

张珙到京，一举及第，官授河中府尹。张珙来到河中府，直接上普救寺，见过郑夫人："新科状元河中府尹张珙参见老夫人。"

"休拜，休拜，你是奉圣旨的女婿，我受不了你的跪拜礼。"郑夫人嘲讽张珙。

"老夫人，我当时赴京时，你给我饯行。今日我得官回来，老夫人为什么反而不高兴？"张珙不解地问。

"你如今哪里想着我家？我女儿好歹也是相国小姐，如果不是孙飞虎作乱，你怎能与她亲近，又怎能做我家女婿？如今你却抛弃我家，另做了卫尚书女婿。岂有此理。"郑夫人越说越有气。

"老夫人，你听谁说的？"张珙问道。

"是郑恒说的。"郑夫人顺口应道，"你如不信，问红娘便知。"

红娘来见张珙，气恼恼地说："张生，你那新夫人在哪里？同我小姐相比，姿色如何？"

张珙说："红娘，你怎么也糊涂了。我真心为小姐，岂肯另结姻缘？"

红娘转身对郑夫人说："张生不是忘恩负义的人。"红娘入内，请出莺莺。

莺莺怒气冲冲地对张珙说:"张生,我家有什么对不起你?你抛弃我,另做卫尚书家女婿。"

张珙问:"谁说的?"

"郑恒对老夫人说的。"莺莺道。

红娘设计,劝众人说:"让张生和郑恒当面对质,就见分晓。"

杜确听说张珙任河中府尹,特来拜贺。

郑恒牵羊担酒来迎亲,杜确将郑恒赶走。

郑夫人、法本长老、杜确等人,齐向张珙、莺莺贺喜。

众人齐声祈贺:"永老无别离,万古常完聚,愿普天下有情的都成了眷属。"

幽闺佳人拜月亭

——《幽闺记》

金朝中都，金国皇帝正在听政殿处理政事。皇帝双眉紧锁，皱成一个"川"字，问众位大臣："朕听说北边番国强盛，侵扰我国边境，边民多受其害。如今番国又出动大批人马，向我国袭来。众卿有什么建议？"

聂贾列出班奏道："陛下，番兵犯界，突入榆关，离国都只有一百二十里了。番国兵强马壮，我国兵疲将寡，难以当敌。不如迁都汴梁，上保社稷无危，下免生灵涂炭。"

皇帝听完，挥手让聂贾列退下，说："聂卿且退，与众官商议。"

丞相陀满海牙出班奏道："陛下，目今番兵犯界，正该遣师出讨，为何迁都远避其锋？臣保举一人，即臣儿子陀满兴福，他通晓三略六韬，有万夫不当之勇，可令他率兵退敌。"

皇帝正在犹豫。

聂贾列又出班跪奏："臣奏陛下，陀满海牙已有无君之心，今又令其子出师，正如虎添翼，为祸不小。陛下切不可准奏。"

陀满海牙怒目瞪视聂贾列："呔！聂贾列，你为什么妄奏迁都，败坏我国大好山河？"

"陀满海牙，你为什么要阻驾？为什么阻止迁都？"聂贾列争辩道。

陀满海牙怒不可遏，就用手中的象笏击打聂贾列，聂贾列双手护头，怒目瞪着陀满海牙。

皇帝见状，龙颜大怒，喝令侍卫们分开陀满海牙和聂贾列，并传旨：

陀满海牙父子既有反叛之心，令金瓜武士将其打死，陀满海牙一家三百口全部诛戮。差聂贾列监斩，不得有违误。

金瓜武士就在殿上将陀满海牙打死。

聂贾列带人来抄斩陀满海牙家眷，陀满兴福预先得知消息，从军中只身逃出。

官府遍张文榜，图形画影，搜捕陀满兴福。

陀满兴福逃出中都，来到郊外。追兵远远赶来。陀满兴福来到一堵高墙，见墙边有一口八角琉璃井，便脱下红锦战袍挂在枯桩上,翻身跳过墙去,躲入花丛里。

"呔!你是什么人?竟敢偷入我家花园!"有人在陀满兴福背后喊道。

陀满兴福大吃一惊,从花丛中走出来,朝来人作揖,说:"请息怒。"

"这不是说话的地方,且到亭子里再说。"来人拉住陀满兴福的手,走到花园亭子上。

"我且问你,你是奸人还是强贼?"

"我不是贼,我是逃命人。"

"既不是贼,为什么强入我家花园?"

"我有深仇大恨在身。我本是忠孝军统领,因父亲陀满海牙劝迁都阻佞臣,一家三百口尽被杀戮,我只身逃得性命。官府图形画影搜捕我,我躲入花园且偷生。"

"你且抬起头来,让我看看。"

陀满兴福抬头。来人见陀满兴福相貌堂堂,暗自沉思:"结交在未遇之先,施恩在贫窘之日。此人仪表堂堂,眉宇间流露出英气,定非久居贫贱的男儿。我欲同他结为兄弟,但不知他意下如何?"来人沉思片刻,对陀满兴福说:"我和你结为兄弟,你看如何?"

"我是该死罪人,蒙你饶恕,已是喜出望外,岂敢与你结为兄弟?"陀满兴福辞谢。

"你多大岁数了?"来人问。

"我二十八岁。"陀满兴福说。

"我三十岁。你称我为兄吧。"来人说完,又唤院公:"院公,取我的衣帽并十两银子来。"

院公来到,交给陀满兴福衣帽并十两银子,随后自回屋去。

来人又说:"兄弟,我本想留你在此,只是此处邻近都城,你在此不安全。只能赠你些衣饰和银两,你且自奔前程。"

陀满兴福换了衣帽,将银子揣在怀中,朝来人说声:"多谢了,兄长。"然后便跳出院外。

陀满兴福出得门去,猛地缓过神来,自艾说:"我聪明一世,懵懂一时,我怎么忘记问他姓名了。且转回去,问个明白,也图以后报答他。"于是转身又回到花园。

"兄长,小弟忘了问你姓名了。"

"我姓蒋,双名世隆。"蒋世隆回答。

陀满兴福问明了恩人姓名,转身走出花园,消逝在远处。

蒋世隆赠给陀满兴福衣帽后,回到屋中,同妹子瑞莲闲聊。

"妹子,我有三件事常挂心头。"

"哪三件事?"

"第一件,父母灵柩在堂,还没有殡葬;第二件,我服丧未满，难以进取功名；第三件，你我年纪不小了，亲事未谐。"

"哥，万事都由天命，不必太在意。"

蒋世隆兄妹平淡从容度日。

陀满兴福来到虎头山。忽有一伙人拦住去路，高叫："快留下买路钱。"

陀满兴福嗤笑一声："一伙毛贼。"便回答，"我问你们，这路是你家的？我没钱在身边，就是有，你们也没法要过去。"

"你是贼的老子？要你的钱不得。"一个强盗说。

"我走了远路，又饥又渴。有酒饭拿来给我吃，有盘缠送我作过山钱，饶你这伙毛贼性命。"陀满兴福有心逗他们。

一强盗头对众强盗说："这小子说大话唬人。"便来战陀满兴福。

陀满兴福一顿拳脚，打得强盗滚地乱爬。其余强盗见势不妙，一齐围住陀满兴福。陀满兴福指东打西，指南打北，打得强盗东奔西窜，跪地求饶。

强盗头献上一顶金盔，众强盗推陀满兴福做寨主。

陀满兴福立下"三不杀"规矩，即"中都路人不可杀，秀才不可杀，姓蒋的不可杀"，众喽啰齐声答应遵从。

皇帝见士庶不宁，便传旨给兵部尚书。

天使捧旨来到兵部尚书王镇私宅，正碰上王镇和夫人张氏、女儿瑞兰举杯饮酒。王镇见圣旨到，铺陈香案，山呼"万岁"，跪下接旨。天使打开黄纸，宣读：

> 朕当邦国阽危，边疆多难。士庶汹汹，民不聊生。贼情叵测，难以遥度。兵部尚书王镇可往边城，探视军情，便宜行事。军情紧急，不许滞留。领旨谢恩。

王镇接旨后，问天使："朝廷为何如此着急催我上边关？"

"北番大兵压境，皇上要迁都汴梁，派你去探听北番消息。"天使回答，又补上一句，"老大人，这是朝廷大事，今日就起程吧。"

"食君禄，分君忧。天使请回，待老夫交代完家事，即刻就起程。"王镇送天使出宅，请出夫人和女儿。

张氏和王瑞兰从后堂出来。张氏问道："相公，朝廷传旨，要你去做何事？"

"使臣到我家，奉圣旨令我离京去探视北番虎狼军。"王镇愁眉不展。

"爹爹，朝中多少文臣武将，为何独劳您？"王瑞兰噘着嘴说。

"儿呀，食君禄，分君忧。爹爹既是朝臣，怎能违抗命令？"王镇望着不谙世事的女儿，叹了口气。

"爹爹迟去些也无妨。"王瑞兰撒娇说。

"儿呀,你说什么话呀?我如迟缓,便是违忤了皇上。今日将家事交付给你母子,我就此起程。"王镇说。

张氏叫来六儿,让他陪伴老爷王镇上北番。

王镇带着六儿和兵卒,前往北番。

北番大军压向金国边境。簇簇军马往南来,密密刀枪从北至,势不可当。夺关抢隘,攻城掠邑。

金国黎民逃难,乱民纷纷涌向中都。

金国皇帝张榜告示百姓和官员:

奉圣旨,北番军马临城,天子迁都汴梁,今晚庶民不许一人流落在京城,中都路百姓随驾南迁。

一时间,街坊巷陌,哀声遍地。

金国君臣乱纷纷逃向汴梁。

金国百姓乱纷纷涌向汴梁。

张氏和女儿瑞兰抛弃家产,舍弃家园。母女相依,随逃难者逃往南方。

张氏贴身揣着些金珠,随身衣服打成包裹,提在手中;王瑞兰鞋弓袜小,扶着老母,慌慌张张地前行。

点点雨滴伴着行行泪珠,阵阵凄风声和着声声叹息。

王瑞兰的绣鞋已分不清帮和底,鞋跟儿也已掉落,冒雨顶风，带水拖泥，一步一步艰难地向前行进。

张氏年高力弱，心惊胆战，不提防绊倒在泥地里。王瑞兰慢慢扶起母亲，两人咬牙前行。

蒋世隆兄妹打叠包裹，弃了家私田业，随流民南逃。

凛冽寒风，淋漓冷雨，风雨交加。

蒋世隆感叹地对妹子瑞莲说："家邦已成空，满目伤心，怒气填胸。"

"哥，富贵荣华皆如梦。我心慌脚慢，两脚打颤，怎么走得动。"瑞莲伤心地说。

"妹子呀，你鞋弓袜小，只能苦挨了。赶紧走呀，逃命要紧。"蒋世隆劝妹子。

番军赶来，流民四下逃窜。

张氏和王瑞兰被番兵追上，手中雨伞被抢走。张氏、王瑞兰冒雨荡风，深一脚浅一脚地前进。

蒋世隆、蒋瑞莲也被番兵追上，包裹被抢走。

番兵大队人马赶来，流民四下逃命。

张氏和王瑞兰被冲散。

蒋世隆和蒋瑞莲被冲散。

王瑞兰独自一人随着人群向前，口里喊："娘！娘！"没人答应。王瑞兰心如碎，泪交流。

蒋世隆在混乱的人群中寻找妹子瑞莲，东寻西找，就是不见，心下着急，一边找，一边喊："瑞莲！瑞莲！"在流民群中窜来窜去,从前头找到尾。

张氏和女儿被冲散,心下着忙,四下喊:"瑞兰,瑞兰。"张氏被人群裹住,随人群向南逃。

蒋瑞莲四下寻找哥哥蒋世隆:"哥哥,哥哥。"

蒋世隆向深林中躲藏,王瑞兰听见军卒喊杀声,也赶忙躲入树林中。

蒋世隆见番卒走远,便向四周喊:"瑞莲!瑞莲!"

王瑞兰听见叫声,忙应:"呃,呃。"

蒋世隆听见叫声,心下高兴:"老天保佑,老天保佑,在这儿找到了亲骨肉。"便口里叫着"瑞莲,瑞莲",向王瑞兰奔来。

王瑞兰听见叫声,忙向蒋世隆跑来。

"你是谁?为什么叫我名字?"王瑞兰问蒋世隆。

蒋世隆一见她不是自己的妹子,也暗自吃惊。"我以为是我妹子,却不料是你。"

"我以为是我母亲叫我,怎么是你个秀才叫我。"王瑞兰追问,"你为什么叫我?"

"我叫我妹子瑞莲,谁叫你了?"蒋世隆反问,"不知你为什么到此?"

"我因遭兵火,离乡背井,逃难他方。"王瑞兰见蒋世隆憨厚样,便直言不讳相告。

"你一个女孩家怎么独自行走?"蒋世隆问。

"我母女随驾南迁,中途遇上番兵,母女失散。秀才,你在哪儿不见了妹子?"王瑞兰说。

"喊杀声中,各自逃生。中途意外,应答声错,巧遇你。你不见了母亲,我不见了妹子,正是一般烦恼两心知。"蒋世隆说完,便要离开。

"秀才,你上哪儿去?"

"我要急忙追寻我妹子,岂容滞留。"

王瑞兰见蒋世隆要走,心下着急:"事到如今,怎惜羞耻!"便对他说:"秀才,你救我残喘,带我离开此地,免遭灾难,我忘不了你的恩义。"

"你刚才说你不见了母亲,你看,那边来了一位妇人。"蒋世隆戏谑她。

王瑞兰回头,问:"在哪里?"

蒋世隆仔细看瑞兰,见她千娇百媚,眉宇间流露出一种惹人怜爱的光泽。他眉头一皱,计上心来,暗自思量:"她无夫婿,独自一人,我正可讨个便宜。我且唬一唬她。"便对王瑞兰说:"你看天色昏惨暮云迷,如何是好呀?"

王瑞兰惊慌了,恳求他:"秀才,你带我同行吧。"

"你想差了。我自家妹子尚且不顾,怎么带挈你?"

"秀才,你读过书吗?"

"秀才怎么不读书?秀才无书不读。"

"书上说:'恻隐之心,人皆有之。'你怎么没有恻

隐心?"

"你只知恻隐心,却不知别嫌礼。我是个孤男,你是个寡女。同行一处,能不让人猜疑。"

"你可认我为妹,兄妹同行,有谁会问。"

"兄妹固然好,只是面貌不同,语言各别。一旦有人盘问,怎么回答他?"

"想不出道理。"

"既无道理,我自去了。"

"有一个道理。"

"什么道理?"

"怕人问话时,就说……"

"说什么?"

"我害羞,说不出来。"

"这儿没有人,说出来又何妨。"

"怕人问话时,就说是夫妻。"

"既然如此,你我同行就是。"

蒋世隆和王瑞兰结伴同行。

张氏独自前行,来到数间茅檐屋前,暂时安身。

蒋瑞莲与蒋世隆走散后,一路上东寻西找。

张氏叫"瑞兰,瑞兰"。

蒋瑞莲听了叫声,误听作"瑞莲,瑞莲",慌忙答应。

张氏两眼昏花,天色又暗,便循声向前来认。

蒋瑞莲也向张氏走来，发现不是自己兄长，见是一个老婆婆，便向前扶住张氏，问："老大娘，你是高年人，怎么在山径上行？"

"你是谁？让我苦等。"张氏反问。

"并非我诈应，只因'瑞兰''瑞莲'音相近，我以为是家兄叫我，却不料是老大娘叫女声。"蒋瑞莲解释说。

张氏见蒋瑞莲模样周正，举止稳当，语言温和，便打心里喜欢她，对她说："你可愿意跟我？"

"我不见了家兄，望老大娘带我同行。"

"既然如此，我就把你当作女儿看待。"

张氏和蒋瑞莲向南逃去。

蒋世隆和王瑞兰宿水餐风，在尘埃中奔逃。

水远山遥，雾锁云埋，黄叶飘零。一两阵寒风，三五声雁声，触动行人情肠。

王瑞兰边走边说："回忆往昔舞榭歌台，如今欢娱难再，母亲现在何处？父亲在天涯。怎能够月明千里故人来。"

蒋世隆接言说："家破国亡时乖，这场灾何时冰消瓦解？何时否极生泰？何时苦尽甘来？只能等待枯树再开花。"

两人正行走间，只听一阵锣响，一伙人从草丛里跳出来，高声喝叫：

"你们两个是什么人？快留下买路钱！"

蒋世隆向他们说："我是穷秀才，因为逃难，夫妇来到

此地。望壮士可怜，放我们一条生路。"

几个喽啰走过来，把蒋世隆和王瑞兰身上搜寻了一遍，一无所获，便恶狠狠地说："快把钱财交出来，稍迟延，便让你丧命。"

"壮士，我们连口粥都无法寻，哪有盘缠？我们从头到足衣衫都褴褛。"蒋世隆俩人辩解说。

喽啰们把蒋世隆和王瑞兰捆住，押往山寨。喽啰们来到山寨，向寨主陀满兴福说：

"禀告寨主，我们昨夜巡哨，拿住一男人和一妇女，他们自称是夫妇。"

陀满兴福坐在虎皮椅上，叫声："带过来。"众喽啰把蒋世隆、王瑞兰推到陀满兴福面前，喝令他们俩跪下。

陀满兴福说："我这里经年累月少人行。你们男女相随，定非良人行止。"

"禀寨主，我们夫妇因为皇上迁都，番兵追赶，逃难至此。望寨主饶过我们。"蒋世隆低着头哀求。

"快把钱财交出来，赎取你们性命。"陀满兴福怒喝。

"我们逃难几天了，哪里有什么钱财！"蒋世隆说。

"众喽啰们，将他们推出斩首。"陀满兴福命令众喽啰。

喽啰们上来把蒋世隆、王瑞兰扯起，倒拽横拖。

"寨主息怒，暂罢虎狼威。"蒋世隆哀求。

"一言既出，驷马难追。"陀满兴福不耐烦地说。

蒋世隆哀叹自己命运，道："蒋世隆负屈衔冤，天地可怜我，让谁为我烧纸钱？"

陀满兴福听见"蒋世隆"三个字，忙止住喽啰："且留人，押他们过来，待我仔细审问。"

众喽啰把俩人拖回来。

陀满兴福问了问蒋世隆籍贯、职业，然后说："汉子，你抬起头来，让我看看。"

蒋世隆依言抬头。陀满兴福降阶扶起蒋世隆，并给他松绑。"是你兄弟忘恩负义了。这是你什么人？"

蒋世隆说："她是我浑家（'浑家'为宋元时用语，义同'妻子''老婆'）。"

陀满兴福忙向王瑞兰施礼："嫂嫂受礼，不料今日此地完聚。"

蒋世隆、王瑞兰莫名其妙，问："寨主，你搞错了，我们并没有什么兄弟。"

陀满兴福跪在地上，道："哥哥，你不认得兄弟了？"

"我一时想不起。"蒋世隆仍莫名其妙。

"我是你救过的那个逃命人，我是陀满兴福呀！"

"原来是陀满兴福兄弟。真是'狭路相逢难回避'，你我兄弟相见于此。"

陀满兴福吩咐喽啰整备筵席，款待蒋世隆、王瑞兰。

席间，王瑞兰问蒋世隆："秀才，你祖袭儒业，自幼攻

读文章。这个是你叔伯兄弟,姑舅兄弟,还是姨表兄弟?"

"都不是。"蒋世隆说。

"这不是,那不是,你怎么有这个贼兄弟?"王瑞兰气恼地说。

劝酒的喽啰听见王瑞兰骂陀满兴福,便走到陀满兴福身边,说:"告寨主。寨主好意劝那妇女饮酒,那妇女反而骂寨主是'贼'。"

陀满兴福气冲冲地走到蒋世隆身边,说:"哥哥,兄弟好意劝嫂嫂饮酒,嫂嫂怎么骂我?"

"兄弟,你的喽啰听错了。你嫂嫂说'这不是,那不是,怎么有这个好兄弟?赛关、张,胜刘备'。"蒋世隆忙打圆场。

王瑞兰执意要离开,蒋世隆执意要告辞。陀满兴福吩咐喽啰取一百两金子,赠给蒋世隆。

蒋世隆、王瑞兰谢过陀满兴福,向山下走去。

蒋世隆、王瑞兰来到广阳镇招商店。

招商店前临官道,后靠野溪。几株杨柳绿荫浓,一架蔷薇清影重。草舍茅檐,酒旗斜挂小窗外。古壁上绘刘伶裸卧,小窗前画李白醉眠。

蒋世隆抬脚入店,对王瑞兰说:"且沽一壶酒,少解旅途劳乏,再行如何?"

"但凭秀才。"王瑞兰毫无主见地说。

"酒保，酒保。"蒋世隆叫。

酒保走过来，道："客官请坐。"

"酒保，你家有什么好酒，有什么好菜下饭？"蒋世隆问酒保。

酒保端上好菜，斟上好酒。

蒋世隆举杯劝王瑞兰："娘子，且饮一杯。"

王瑞兰害羞，不饮酒，满脸绯红，道："我天性不会饮酒。"

"你略沾一沾口，一醉能消心上愁。娘子，你不曾饮一杯，为什么脸就红了？"蒋世隆执意相劝。

王瑞兰略饮一口，举杯敬蒋世隆："多谢你一路上带挈我。略表谢意，敬秀才一杯。"

"我也不会饮酒，酒量有限。"蒋世隆说。

蒋世隆把酒保拉到一边，说："酒保，我与娘子一路同行，只因有几句言语，她不肯饮酒。你如劝她喝一杯，我就给你一钱银子。"

酒保巧计劝王瑞兰饮了三杯酒。

王瑞兰叫蒋世隆："秀才，天色已晚，我们走吧？"

"好酒留人住。我要'慢橹摇船捉醉鱼'。"蒋世隆见王瑞兰面似桃花，暗自高兴。

"秀才，我猜着你了。"

"你猜着我什么了？"

"你哄我喝醉了,要捉那醉鱼,我只怕你'满船空载月明归'。"

"娘子,这是唐明皇与杨贵妃在采石江边饮宴的故事,你何必多心?"

酒保在旁插科打诨说:"对,正是唐明皇与杨贵妃在采石江边饮宴的故事。是我斟酒劝他们的。"

蒋世隆暗自好笑,问酒保:"你多大年纪?"

"我四十岁上了。"酒保说。

"唐明皇距今已四百年了,你怎么亲眼见过他?"蒋世隆有意讽讥酒保,"酒保,天色晚了,结账吧。我们还要往前面投宿。"

"我们这招商店,前面吃酒,后面宿客,你们就住在这吧。"酒保见缝插针说。

蒋世隆征求王瑞兰意见,王瑞兰听从蒋世隆安排。

蒋世隆便吩咐酒保:"替我打扫一间房,铺下一张床。"

"好呢。"酒保答应了。

王瑞兰叫酒保过去,问道:"酒保,秀才和你说什么?"

"秀才让我打扫一间房,铺下一张床。"酒保把蒋世隆的话向她重复了一遍。

"不要依他,只依我。你打扫两间房,铺下两张床。"王瑞兰见蒋世隆要贪便宜,便叮咛酒保。

蒋世隆问酒保:"娘子叫你干什么?"

"她让打扫两间房，铺下两张床。"酒保把王瑞兰的话转述一遍。

"酒钱饭钱都是我付账的，你怎么不听我说？依旧打扫一间房，铺下一张床。"蒋世隆执意如此。

王瑞兰又叫酒保："你依我的。打扫两间房，铺下两张床。"

酒保气恼了，对他俩说："你们俩只管叽里咕噜说，让我为难。秀才说'打扫一间房，铺下一张床'，娘子说'打扫两间房，铺下两张床'。依了秀才，不依娘子，娘子生气；依了娘子，不依秀才，秀才生气。如今既不依秀才，也不依娘子，只依我便了。打扫一间房，铺下两张床，任你们翻筋斗。"

酒保掌灯，带蒋世隆、王瑞兰来到后院，转身自去。

蒋世隆与王瑞兰各自上床，闲聊起来。

"娘子，你晓得我一片真心吗？"

"秀才，你有什么真心？"

"我和你有缘千里来相会。"

"我只是无缘对面不相逢。"

"娘子，你怎么越说越远了，你忘了前几日说的话了？"

"我不曾忘了什么。"

"你在林中曾说我们暂且做夫妻。我也不问你别的，你可晓得仁、义、礼、智、信？既有言在先，你怎么失信了！"

"我并不曾失信于你。"

"我只要你与我做夫妻。"

"秀才,你送我回去,我告诉爹爹,金钱、官位相谢。"

"朝廷的官是你家的?我和你一路行,倒不曾问你是什么人家的?"

"我祖父是王和王,我父是兵部尚书王镇,母亲是王太国夫人。你知道是什么样人家了吗?我是守节操的千金小姐。"

蒋世隆一听王瑞兰报出家门,不免吃惊,嘴却不饶人:"既是千金小姐,怎么随个穷秀才走?"

"不知你妹子随着哪个走?"王瑞兰反唇相讥。

"你自身都顾不得,还笑别人?"蒋世隆回敬一句。转而一想:"我且不与她硬,如硬,两个就硬开了,还是放软些。"便赔个笑脸,对王瑞兰说:"娘子原来是官宦人家女儿,我蒋世隆有眼无珠,请饶恕。"说完,便跪在地上。

王瑞兰见状,也忙跪下,扶住蒋世隆:"大恩人请起。"

"唉,你知我是你的大恩人,又何必说什么门楣出身。我和你姻缘前定,你怎么就忘了暂且做夫妻的言语。"蒋世隆责怪王瑞兰。

"多谢你一路搭救。以后定衔环结草,报答恩惠。等禀告父亲后,再与你成亲,那时也不迟。"王瑞兰恳求道。

"人人都说你我正是一对好夫妻,你为何要推三阻四?"

蒋世隆越说越激动,一掌拍在桌上,盘儿碗儿都震倒,摔碎在地上。"你前几日在虎头山上,如果没有我蒋世隆,你怎么能保全节操?"

店主黄公夫妇早在门外听了多时,此时进屋相劝。

黄公先请蒋世隆出屋,然后劝王瑞兰:"小姐失母从人二百多里,今小姐不肯从秀才。一旦秀才负气离去,小姐遇上不良之人,强逼为婚,那时后悔不及。"

"请老人家收留我。倘若重见我父母,到时重重谢你。"王瑞兰恳求黄公。

"收留别人子女,违反条律,况且我店中往来人多。小姐既然不肯从秀才,请出去吧。"黄公软硬兼施,为的是成就蒋世隆、王瑞兰好事。

"我如今没奈何,就依你们。"王瑞兰只得答应。

黄公夫妇设酒,做主婚人,蒋世隆、王瑞兰成了真夫妻。

蒋世隆染病,住在招商店,王瑞兰服侍他。

王镇到边关,送上宝物,北番和金国通和。北番收兵。

王镇和寇还朝,带着仆人六儿望南行驶,直到广阳镇招商店。

六儿带着几个皂隶先到店里,问:"有人吗?"

酒保上来,问:"谁?原来是军头要买饭吃。"

皂隶说:"这是兵部王尚书家的六爷。"

"是六爷？小人不认得。"酒保忙道歉。

"你去打扫一间好房，我家老爷要在此歇息。"六儿吩咐酒保。

酒保带六儿看房，连续看了两间都不中意。又走到蒋世隆住的房前。

王瑞兰见来人像是自己家仆六儿，便叫"六儿"。

"谁叫六儿？"六儿问道，循声找人，看见王瑞兰，忙叫："老爷，小姐在此。小姐，老爷来了。"

王镇听见喊声，连忙过来，父女相见，欣喜异常。

"孩儿，你怎么在这里？"王镇问女儿。

"因为迁都汴梁，我和母亲抛弃家产，向南逃窜，流落在此方。"王瑞兰哭着说。

"你母亲在哪儿？"王镇不见夫人张氏，便又问瑞兰。

"与母亲走散了。女儿现在随着个秀才，他是我丈夫。"

"谁是媒妁？谁做的主张？"

"爹爹，离乱时节，怎选门当户对人家？"

王镇一听，怒火上冲，厉声喊："六儿，去把那秀才叫来。"

蒋世隆拖着病体来见王镇。

王镇一见蒋世隆面黄肌瘦，心下不快，冷言冷语地说："瞧你这落魄样，什么时候才能够发迹变泰？"

蒋世隆不亢不卑地回答："人不可貌相，海水不可斗量。

我岂会贫贱一世。"

王镇不再理睬蒋世隆，转身对瑞兰说："孩儿，你快随我走。"

蒋世隆哀告王镇："请岳丈慈悲，不要分开我们夫妻。"

"呔，谁是你岳丈？"王镇怒不可遏地说。

"可怜我伏枕在床。"蒋世隆继续哀求。

"你就要死了，又有谁可怜你？"王镇不屑地说，"六儿，你把小姐抱上马去。"

六儿来拉王瑞兰，蒋世隆拉住她不放。

六儿拉不动王瑞兰，王镇一把推倒蒋世隆。

六儿趁机把王瑞兰抢上马，打上一鞭，马负痛疾驰。王镇带着皂隶紧随其后，消失在远处。

王镇一行来到孟津驿。

驿丞上前接住马，参见王镇。

王镇吩咐驿丞："我一路上鞍马辛苦，不许闲杂人等打扰我。"

"是，老爷。"驿丞应道，随即去收拾房间。

王镇又对六儿、王瑞兰说："孩儿，我和六儿到书房里歇息，你住在后堂。"

王镇睡到半夜，被一阵哭声惊醒，便叫醒六儿："你这奴才，一夜不睡，啼哭什么？"

"老爷，六儿没哭，是驿丞啼哭。"六儿委屈地说。

"六儿,你去叫驿丞过来。"王镇吩咐。

六儿把驿丞叫来,驿丞吓得两腿哆嗦,正不知有什么祸事降临头上。

"我问你话。昨夜为什么有人啼哭,怎么解释?"王镇问。

"回老爷话。老爷未到之际,有两个妇人来这借宿,小人便留她们在回廊底下住了一宿。她们惊扰了老爷,小人有罪。"驿丞请求王镇饶恕。

王镇让驿丞去把那两个女人叫来。原来这两个女人便是张氏和蒋瑞莲,她们一路逃难,侥幸来到孟津驿。

当下张氏见到六儿,便叫:"六儿。"

六儿抬眼望去,见到女主人张氏,忙喊:"老爷,夫人在这里。"

王镇闻声赶来和夫人相见,王瑞兰也跑来拜见母亲。

张氏拉过蒋瑞莲,对王镇说:"老爷,这是我逃难中认的女儿。"

张氏拉住王瑞兰手,仔细看了又看,道:"孩儿呀,历尽苦辛,今日母女重逢。你是如何脱离虎口的?"

"母亲,孩儿一言难尽。那一天在招商店忽遇父亲。"说到这里,王瑞兰不禁哭了。

张氏一见此景,忙问:"孩儿有什么事,只管对我说,不要啼哭。"

王镇止住夫人张氏："夫人，你休要唠唠叨叨，问个不停。"

"老爷，有什么事，说个详尽。"张氏不依。

王瑞兰欲言又止，强忍泪水。

张氏见驿馆人员众杂，便劝王镇雇船，早日赶往汴梁见君复命。

王镇众人乘船驶往汴梁。

陀满兴福派人到京城打探消息，喽啰报告他，皇帝已赦免陀满兴福的罪过。

陀满兴福遣散喽啰，离开虎头山，上京应试，同时打听蒋世隆消息。

陀满兴福来到广阳镇招商店。正碰上蒋世隆去药店取药回来。两人相见，各自惊讶不已。

"自别恩兄两月多，不知兄长为什么变成这般模样？"

"贤弟，我自别你后，遭受重重困厄。"

"兄长，有什么坎坷灾危事？"

"那时分别后，我受尽奔波，不料病在此地。"

"兄长，怎么不见嫂嫂？"

"提起这事，我就伤心垂泪。"

"为什么？难道她弃旧迎新，跟了他人？"

"不是。"

"是不是病死？"

"也不是。"

"那究竟是为什么？"

"是她父亲强把我夫妇苦苦拆散。她父亲嫌贫爱富，倚强欺弱。"

"兄长，既是亲戚，你就顺从他，总会有团圆时节。如今朝廷宣诏天下，文武贤良赴朝应举，正是男儿得志时节。兄长休为夫妻恩爱，误了前程。不如收拾行李，与我同往汴梁，一来应举求官，二来打听嫂嫂消息。不知兄长意下如何？"

"兄弟所言极是。"

陀满兴福算还房钱，次日便扶蒋世隆上马，同往汴梁。

暮春天气，庭院清静，琐窗静掩，池水澄澈。

王瑞兰、蒋瑞莲在后花园中赏春。王瑞兰惦记染病的蒋世隆，眉头不展，脸带忧容。

"姐姐，对此良辰美景，为什么闷闷不乐呀？"蒋瑞莲问道。

"唉，我几时才能断绝烦恼，消除离恨？本想散闷消愁，对着这残春景物，却柔肠寸结。"王瑞兰叹气。

"姐姐，我见你脸瘦裙带松，莫不是伤春？莫不是伤人？仔细想来，姐姐，你不是为别事，只为……"

"只为什么？"

"只为着姐夫萦魂牵魄，形体憔悴。"

王瑞兰被说中心事，假意发怒："你用滥名污我，一个女孩儿家竟如此情乖意劣，多口饶舌。"说完，转身就走。

"姐姐，你到哪里去？"蒋瑞莲见王瑞兰要走，急忙问。

"我到父亲那儿去告你状。"

"说什么？"

"就说你这个小鬼头春心动了。"

"姐姐，我只是耍。"蒋瑞莲说到这，忙跪下求饶，"好姐姐，高抬贵手，饶我这次，下次我不敢了。"

"起来，我且饶你这次，今后不可再如此了。"王瑞兰扶起蒋瑞莲。蒋瑞莲便转身离去了。

王瑞兰见天色已晚，蒋瑞莲又离去，便自己安排香案，对月祷告：

"拜新月，这一炷香，愿我抛闪的男人病早痊，早日同欢共喜。"

谁知蒋瑞莲并未离去，而是躲在院墙边观看王瑞兰。蒋瑞莲偷听了王瑞兰的祷告声，便轻手蹑脚，走到王瑞兰身边，拉一下她的衣服，说："姐姐，你才是小鬼头春心动也。"说完急忙躲到一边。

王瑞兰见到蒋瑞莲，忙问："你到哪儿去？"

王瑞兰拉住蒋瑞莲的手，蒋瑞莲忙挣脱，说："放手，我一定要去告诉父亲。"

王瑞兰跪下，说："妹子，你饶了姐姐吧。"

蒋瑞莲扶起王瑞兰,道:"姐姐,你从头至尾说个明白。"

王瑞兰俯首无言,满颊红晕。沉吟半晌,才说:"妹子,我仔细对你说吧。他姓蒋……"

"蒋什么?"

"蒋世隆。"

"他家住在哪里?"

"中都路。"

"姐姐,你怎么认得他?"

"他是我男人。"

蒋瑞莲听完,禁不住哭起来。王瑞兰见状,忙问:"你为什么啼哭,莫非是我男人旧妻妾?"

"他是我亲兄。"

"原来他就是你兄长,你们为什么失散了?"

"番兵犯阙,兄妹失散。"

"妹子,我和你比以前更亲了。你休随着我跟脚,我以后是我那男人的枝叶。"

"你以后是我姐姐,又是我嫂嫂;我是你妹妹,又是你姑姑。我兄长现在何处?"

"他染病广阳镇招商店,都怪爹爹他把我夫妻生生拆散。"

王瑞兰和蒋瑞莲就在花园私认了姑嫂,盼望早日与蒋世隆团圆。

蒋世隆、陀满兴福来到汴梁。三场考试已过。数日后，黄榜发下，蒋世隆中了文状元，陀满兴福中了武状元。

结拜兄弟志得意满，互相庆贺。

皇帝恩赐王镇，令他招赘文、武状元为女婿。

王镇请出夫人张氏、女儿王瑞兰和蒋瑞莲，自己开口说："圣上怜悯我无嗣，让我招赘文、武状元为婿。今日请夫人和女儿出来，商议此事。"

张氏说："老爷，'男大须婚，女大须嫁'。正该奉旨而行。"

王瑞兰跪在王镇、张氏面前，说："上告父亲和母亲，孩儿已有丈夫，不敢从命。"

王镇一抖花白胡须，大声说："胡说，你丈夫在哪儿？"

王瑞兰毫不畏惧地说："父亲，容孩儿禀告，父亲你驻在边庭，母亲和我分散东西，我孤身一人，幸得秀才蒋世隆相救；后来，逃至虎头山，又多亏蒋世隆是寨主故人，方才逃出虎口；再后来，与他同到招商店，山盟海誓，结为夫妇。父亲高居相位，观览经史，只有守贞守节之道，哪有重婚重嫁之理？"

王镇哑口无言，过了半晌，才说："这是朝廷恩命，谁敢有违？"

蒋瑞莲也跪在王镇、张氏面前，说道："父亲、母亲，孩儿也有话要说。瑞莲甘愿守节,等我兄蒋世隆一举成名,与姐姐重谐姻缘后,我才愿意出嫁。"

王镇怒道:"这是朝廷恩命,休要多言。"

王瑞兰、蒋瑞莲不敢再说。

王镇派官媒去文、武状元处探听情况。

官媒来到文、武状元处。

陀满兴福答应了官媒的请求。

蒋世隆拒绝了官媒的请求。

官媒回报王镇。

王镇决定设宴请文、武状元,让文状元蒋世隆与妹子蒋瑞莲相见。

王镇尚书府里,欢天喜地,鼓乐喧天。

蒋世隆兄妹相见:"妹子,你为何在这里?"

"哥,想当初兵难中,多亏夫人见怜,带挈我在身边,认作女儿,得入尚书府。谢老天,今朝又重见。"

"妹子,只是你见不着你嫂子。"

"哥,嫂嫂也在这里。"

蒋瑞莲请出王瑞兰,蒋世隆夫妇重见。正是:

一别招商已数年,今朝重续旧姻缘。
贞心一片如明月,映入清波到底圆。

王镇、张氏对蒋世隆和王瑞兰说:"孩儿、贤婿,不必再说了。"

使臣捧诏来到尚书府,宣读诏书。

蒋世隆、王瑞兰终成眷属。

陀满兴福、蒋瑞莲喜结良缘。

忘恩负义中山狼

——《中山狼》

春秋时期，晋国正卿赵鞅掌握了晋国大权，人称他为赵简子。

一日，赵简子带着人马，驾着鹰，牵着狗，到中山去打猎。

一时间，猎人在前面引导，鹰犬在后面相随。赵简子张弓搭箭，野兽们应弦而倒，不可胜数。

忽有一匹狼挡道，像人那样站着，竖起前腿，张着尖耳，大声嗥叫。赵简子唾手登车，张弓怒射，一箭中的。狼负痛大叫，转头掉尾，朝山中逃去。

赵简子大怒，命令手下人舍命追赶："今天一定要捕获这匹恶狼，才可消我胸中怒气。"赵简子驱车追赶，众侍从紧紧跟随。顿时尘土滚滚，脚步声、马鸣声、狗叫声混杂在一起，仿佛天空中响起了怒雷。十步之外，分不清人和马。

就在赵简子在中山打猎时，墨者东郭先生骑着蹇驴，背着书袋，正急急忙忙地赶路，要到北面国家去谋求仕路，一展胸中才华。

东郭先生来到中山，对着荒凉山野，自叹自怜："奔走天涯，回首年华，世事都是一场虚言。可笑的是，世人谋王图霸，称孤道寡，其实都是一场梦幻。只有我们墨家子弟所作所为才值得人们赞同，我们以兼爱为本，无所不爱。我现在要到中山去谋取官职，实现兼爱理想，独自一人奔走天涯，既无伴侣，又无童仆，好不凄凉！"

东郭先生远望四周，但见：夕阳西下，黄尘卷地悲风起，寒雁落平沙，晚鸦停古柳。连天衰草，杳无人家。

东郭先生见天色已晚，便急着赶路，来到中山地面。正在停步喘气之时，只见远方树林中尘埃上冲，金鼓连天，大吃一惊，暗自揣测："莫不是那里交兵厮杀？尘埃滚扬似风驰电掣，人马喧闹如雷轰炮打，刀枪齐鸣似天崩地塌。我东郭骑驴独行，已是凄凉难堪，如今又遇上两国交兵，真是雪上加霜！"

东郭先生控住蹇驴，缓缓地走着，人喊声、马叫声越来越近，已经能看清远方的车马和旌旗了。东郭先生又陷入了揣测："车马纷纷，旌旗对对，飞鹰走狗，难道有人在此打猎？"正在忧虑、猜测局势时，只见一匹狼飞也似的朝他跑过来。

东郭先生遍体汗毛竖立，神情呆滞，浑身发抖："我这条命该丧在恶狼嘴里了！"

中山狼来到东郭先生跟前，向他发出悲嗥声："恰好碰上先生。我被赵简子射中，负痛逃命。先生可怜可怜我，救我一命！"

"你真不识忙闲！我要进取功名，急着赶路，哪有空闲管你的事。"东郭先生说，"你快走，我没法救你。"

"先生，你怎么见死不救？从前隋侯救蛇，蛇后来衔珠报恩。蛇尚且如此，狼比蛇更具灵性。今天事情危急了，恳请先生救我残生！先生的大恩，我一定报答。"狼哀号，眼中流泪。

"住声！我如果救你，便触犯了赵简子，该有大祸。我哪里还指望你能报答？"东郭先生说。

"先生，你不救我，我死后在九泉之下也怨恨你。"狼见哀叫打动不了东郭先生，便改了口气，要挟东郭先生。

"我若不救你，这又违背了墨家'兼爱'之道。这怎么好呢？罢，罢，我救你一命。我先把书袋中的图书倒出来，再藏你进去。"

"先生恩德广大。"

东郭先生倒空书袋中的书，缓缓地把带着箭伤的中山狼放入书袋中，前怕踩着狼胡，后怕踏着狼尾，连续三次都没把狼放进去。

中山狼听见追者的脚步声和车马声越来越近，忙恳求东郭先生："你听，人马声越来越近，事急了，先生快救我！"

"你身体大，我书袋小，藏不下你！"东郭先生面露难色说。

"我蜷了四足，你用绳子扎住袋口。你快些行动！"中山狼催促道。

东郭先生扎紧书袋，中山狼缩头弯腰，如虾弓着，屏声息气，一动也不敢动。东郭先生把书袋扛到驴背上，又把驴拴在路旁树上，自己坐在树下，假装歇气的样子，等待赵简子车马过去。

赵简子和猎人们一路赶来，瞬间就到了东郭先生面前。

赵简子坐在车上，用鞭指着东郭先生说："呔！你这个汉子在这树下歇息，你可看见中山狼从这过去？"

"告大人，小人孤身一人，骑瘦驴游四海，十谒朱门九不开。我并没见什么狼！"东郭先生说话时身体却在发抖。

"你这厮一派胡言！我在此打猎，射中中山狼，它从路上逃走了。你在路旁，怎么会看不见它呢？"赵简子拔出剑，一剑砍断车辕，又说道，"你看看这剑，看看这车辕。你要是胆敢隐瞒狼的去向，就和这车辕下场一样！"

东郭先生见赵简子脸变成紫色，手握宝剑，吓得魂灵出窍，跪在地上，匍匐至赵简子车下，说："告君侯，暂息雷霆之怒，听小人说说。我自幼读书，要进取功名，来到这个三岔路口，不知哪条路往中山去，因此在这枯杨下歇息，要

等个人问路。你说的中山狼,我并不知道。古人说:'大道以多歧亡羊。'中山歧路多,哪一条路不是狼可走的路?在大路上寻狼,岂不是缘木求鱼吗?"

赵简子按剑说:"你看看这把剑,你敢试它吗?那中山狼一定是你藏下的,你巧言令色支吾我?侍卫们,你们去把驴背上的书袋打开看看。如搜出狼来,我决不饶你!"

东郭先生狡辩说:"这是我的书袋。狼是活的,有头有尾有足,书袋是死的,这书袋能装得下一条狼吗?"

"你花言巧语瞒骗我,把狼藏起来了,为什么?"

"我虽然愚蠢,难道不知狼性?狼贪狠,助纣为虐。你如能除害,我自当效劳,怎会隐讳它的踪迹?"

赵简子让侍卫们不必再搜书袋了,道:"让他走吧。"

东郭先生从地上爬起来,道:"多谢你,小人告辞了。"于是牵着蹇驴,慢慢向前走。

赵简子率领手下继续追踪。

东郭先生见赵简子率人马走远了,便留心看了看书袋,见狼在书袋里一动不动,心生疑惑:"中山狼怎么一动不动,是因箭伤死了,还是闷死了?怎么不发一声?"

东郭先生便动手摸书袋,中山狼在书袋里说:"先生快解开书袋。我臂上箭伤极痛。"

"好。我解开书袋,拔去箭矢,让你自在。"东郭先生把狼从书袋里拉出来,又小心翼翼地拔掉箭矢。

中山狼喘息一会儿，说："多谢先生活命之恩。只是我有句不知高低的话要对先生说。"

"什么话？你说。"东郭先生说。

"我被赵简子追赶，已精疲力竭，又在书袋里蜷缩了这么久，肚里饿极了。与其饿死在路上，被乌鸦啄食，被野兽撕咬，不如死在赵简子手里，死得也痛快。先生，你把你给我充饥吧。"中山狼张牙舞爪，扑向东郭先生。

东郭先生急忙躲到驴背后，一边挥双手阻挡，一边对中山狼说："我救你性命，得罪赵简子。你却怎么要吃我？天下竟有这样负心的人！"

"先生，你是墨家弟子，摩顶放踵以利天下。先生何惜一身，救我一命！"中山狼张开大嘴，露出尖牙，又扑向东郭先生。

东郭先生绕着蹇驴转，躲避中山狼的袭击。"中山狼，你皮毛才抖，就忘了救命人。只是我有眼无珠，真后悔救了你这条负心狼！"

"你把我捆在书袋时，差点把我闷死，你又向赵简子说狼性不好。就凭这些，我也要吃你。"

"中山狼，你太狠心。"

"不要再闲讲了。我饿得慌了，你且给我充饥！"

中山狼边说，边扑向东郭先生，东郭先生慌慌张张地躲避。

"随你到哪儿，都躲不了。我今天吃不了你，我决不罢

休。"中山狼眼露凶光，狠狠地盯着东郭先生。

"中山狼，中山狼，你忘恩负义，忘恩负义。我救了你，你却要吃我，天下难道有这种道理？我和你去找三个老人，让他们来评评理。他们如果说我该被你吃，我便死也甘心。"东郭先生说。

中山狼气喘吁吁，箭伤疼痛，伤口流着血，无法咬死东郭先生，便答应了，说："就依你。"

东郭先生牵着蹇驴，和狼一起前行。

中山狼见四野无人，便对东郭先生说："走了这么远了，见不着一个人。我肚里饿得厉害，你看前边有一株老树，你去问它，我该不该吃你？"

"那是一株老树，草木无知，问它有什么用？"东郭先生说。

"你不要管它有知无知，你且问它。"中山狼威胁东郭先生。

东郭先生无奈，走上前去，对老树说："老树，老树，我救了中山狼，中山狼反而要吃我。你说该不该吃？"

老树是一株杏树，早年开花结实，园主靠它获利，如今老杏不结实了，园主便砍它的枝叶。老杏正怨恨园主，没有好气，对东郭先生说："我有恩于园主，园主却砍我肢体。你对狼有什么恩？该吃，狼该吃你！"

中山狼听完，便扑向东郭先生："该吃你！"

东郭先生挥手挡遮，对中山狼说："性急什么呀！刚才说好，问三老。现在才只问了一个，你怎么就要吃我。"

"就饶你，你左右逃不脱。"中山狼说，"你快走，我们再问第二个人。"

东郭先生和中山狼继续前行。

走了好一会儿，仍见不到一个人，只见到一头老牛在晒太阳。

中山狼说："有一头老牛在那，你去问它。"

"老杏树几乎害了我性命。老牛是披毛带角的禽兽，问它有什么用？"东郭先生不情愿地说。

"你只管问。你不问，我就吃你。"

东郭先生只得问老牛："老牛，老牛，我救了中山狼，中山狼却要吃我。你说，它该不该吃我？"

老牛说："我是牛犊子时，主人家依靠我、爱惜我，因为我给他驾犁、耕田。我现在老了，主人家便把我赶到荒野，还要宰我。我对主人家贡献多大，他却要杀我。你对狼有什么恩？你该被吃。"

中山狼又扑向东郭先生，东郭先生又躲闪着说："性急什么？我和你有言在先，再问第三个。如果他说该吃，我便由你吃得了。"

东郭先生和中山狼继续前行，要问第三个人。

东郭先生和中山狼来到一个村庄前，但见小桥流水，竹篱茅舍。

远远地有个老头儿扶杖走来。

东郭先生急忙迎上去,说:"老人家,你救我。"

拄杖老头问:"先生,为什么这样慌张?"

"老人家,说来话长。这中山狼被赵简子射中,被赶得上天无路、入地无门,便向我求救。我救了它一命,它反而要吃我。你说,我该不该被它吃。"东郭先生说。

拄杖老头举杖打中山狼,边打边说:"世上竟有你这样负恩的!他好意救你,你偏要吃他,哪有你这样没天理的畜生!你快走!要不然,我打死你。"

"老人家别偏信东郭先生,他说的都是假话。他见我中了箭,把我捆了四肢,藏在书袋里,让我受了多少苦楚。他又在赵简子面前说狼的坏话,延误时间。他假意救我,其实想把我闷死在书袋里,独得其利。他这样欺心,难道不该吃他?"中山狼振振有词地说。

拄杖老头听了东郭先生和中山狼各自的诉说,沉思片刻,说:"你们说的都难以置信。如今仍旧把你放在书袋里,让我亲眼看一下你受苦的模样。如果你果真受苦,东郭先生便是你的食物,你该吃他。"

中山狼便让东郭先生把它四足捆住,东郭先生把它放入书袋里,扎紧书袋袋口。

拄杖老头问东郭先生:"你有佩刀吗?"

"我带着佩刀呢。"东郭先生答道。

"你怎么还不动手?"拄杖老头催促东郭先生。

"老人家,它虽忘恩,我却不忍害它。"东郭先生不忍杀狼,"世上忘恩负义的,也不止一个中山狼。"

"这种忘恩负义的禽兽,该杀。不要做只图虚名的人。这种忘恩负义的禽兽,杀一个便少一个。"拄杖老头劝东郭先生。

东郭先生仔细一想,便用佩刀刺死了中山狼。

花木兰替父从军
——《四声猿》

北魏,宋州花弧家。

花弧一家五口,老伴贾氏,长女花木兰,二女木难,幼子咬儿。

一日,花木兰正在前院练武。她年仅十七岁,自小就从花弧练武识字,聪明伶俐。花弧早年好武能文,当过千夫长,只是如今他已年老体衰,养鸡喂狗,守堡看田。

花木兰练完刀,又练枪。练得兴起,索性脱下外套,将刀舞得如雪片翻飞,把枪使得如蟒出洞、似虎下山。

就在此时,门外响起了急促的敲门声:

"有人吗?"

花木兰听见敲门声,忙放下手中刀枪,披上外褂,打开大门。原来是一名公差大汗淋漓地站在门口。

"你家大人在吗?这儿有紧急公文一封,务必交给你父亲。"

公差将公文塞进木兰手里，腾身上马，飞驰离去。

花木兰拆开公文，愣住了，原来这是一封征父亲入伍的公文。她走进堂屋，把公文交给父亲花弧。花弧看完公文，双眉紧皱。

花木兰回到闺房，回想刚才所看的公文："这是第十二封军书了，每封军书都催爹爹应征，去讨伐黑山贼首豹子皮。只是爹爹年事已高，又无人可帮他。我和妹子都是女孩。弟弟虽是男孩，可年纪太小。这可怎么办呢？对了，我虽是个女孩家，但自小就随爹爹练武识字，如今正是报答爹爹的时候。古时秦休为父报仇，杀仇人于市中；缇萦入宫为奴，只为赎免父刑，她们都是女人……只是还有一件事，如要替爹爹从军，这些刀枪、衣鞋、马具都要重新换过，演练熟后，再把这替父从军的缘由告诉他们。"

次日，花木兰瞒着父母，带着丫鬟去街上买用品。她们到东市买了一匹骏马，又到西市配了一个马鞍，到南市买了一个马辔，最后到北市买了一根长鞭和一杆长枪。

花木兰和丫鬟兴高采烈地朝家走。途中，丫鬟问花木兰："大姑娘！这马到时拴在哪儿呀？"

"寄养到邻居王三家吧。"花木兰想一想才说。

"大姑娘，你为何要买这些呀？"丫鬟问。

"我想替父从军，这事你先别说出去。我想啊，秦休、缇萦，她们也是裙钗辈，却替父解忧分难，立地撑天，说什么男儿汉！"花木兰说。

两人回到家中，花木兰换上戎装，扮作男子。花木兰请出爹娘，花弧和贾氏一见花木兰女扮男装，大吃一惊。

贾氏问女儿："儿呀，今天你怎么这样打扮？"

花木兰避开话题，说："娘！爹该从军，他怎么不去？"

"他老了，怎么能去！"贾氏叹口气说。

"妹子、兄弟，他们不能去吗？"花木兰故意问。

"你疯了！他们俩才多大的人，能去吗？"贾氏摇头。

"既然这样，都不去吧。"花木兰逗母亲。

"正因为没有办法可想，你爹急得要上吊。"贾氏长叹一声。

"娘！像孩儿我这种样子，可去从军？"花木兰说。

"儿，娘晓得你的本事。去是能去，只是有……"贾氏欲言又止。

"只是有什么呀，娘，你快说吧。"花木兰催贾氏。

贾氏流泪，说："只是我们老两口舍不得你。还有一件事，你是个女孩，战场上尽是男人，你与他们同行同宿，你能保证不露马脚？这怎么说呀！"

"娘，你甭担心。我保证以黄花闺女身来见你。"花木兰放心地喘了口气。

花弧在旁，既高兴，又伤心。高兴的是：女儿木兰通情达理，孝顺父母。伤心的是：万一女儿在战场上有个三长两短,那该多惨啊。

花木兰收拾行装,打点～～～

两位军士来到花家,催花弧～～～。

花木兰便冒充父亲姓名,随军士～～。

贾氏见女儿远去,忍不住老泪纵横,～"老天保佑我女儿平安归来!老天保佑。"

木兰弟妹两人望着姐姐远去,泣不成声,哭着～"姐姐,早日回来,早点回来。"

花弧望着女儿远去的背影,暗暗称叹:"木兰真是我的好女儿。有这样孝顺、明达事理的女儿,我花弧还愁什么呢?"

花木兰随军来到黄河边。

滔滔东去的黄河流水拍击着河岸,雄壮铿锵如刀枪齐鸣的涛声扰得木兰难以入睡。她思绪纷杂,想:"早上刚辞别爹娘,晚上就来到了这黄河岸边。已经听不到爹娘轻柔呼唤我的声音,只有这滔滔河水扰得我心慌。此时此刻,我真想再回到爹娘身边,享受人间一片至情。不!我不应该有这种念头,正该趁着年轻,靠着苍天,不惮艰难,不爱金钱,夺取凌烟阁上好功名。"

队伍又向前开拔,来到黑山,到达主帅辛平驻扎的地方。

辛平让新从军的三千壮士表演武艺,点名试花弧。

花木兰应声出列，演示了平生所学的武艺。辛平元帅大喜，庆幸有了一个武艺超群的壮士。原来，辛平统领十万雄兵，征剿豹子皮，接连获胜。豹子皮接连失败，丧胆失魄，率领残兵败将躲在深崖，坚守不出。辛平屡次挑战，豹子皮就是不出战。辛平为此绞尽脑汁，也想不出好办法。

辛平元帅见花木兰武艺超群，便将她请进帅帐，说道："花弧！本帅明日将智激豹子皮出战，你等我战两回合后，放马横冲，生擒豹子皮，为国平乱。到时候，我奏知可汗，你的功劳不小。"

"得令。"花木兰退下。

次日，辛平统兵出战，花木兰随后压阵。

辛平命令士兵们唱曲以激恼豹子皮。

士兵们就在黑山深崖大声唱：

黑山小寇真见浅！躲住了成何干！

花开蝶满枝，树倒猢狲散。

你越躲着我越寻你见。

豹子皮仍不出战。

辛平令士兵们再唱一首，士兵们放开喉咙，高声唱：

黑山小寇真高见！左右他输得惯。

一日不害羞，三餐吃饱饭。

你越寻他他越躲着看。

豹子皮听见辛平军士们的叫喊声，被激怒了，率领残兵败将，从深崖中跑出来迎战。

辛平见豹子皮出战，陡长精神，奋勇迎战豹子皮，战了两个回合，不分胜败。

花木兰见辛平与豹子皮打得难分难解，率兵冲出，拦腰截断豹子皮退路。豹子皮心慌，一不小心，被花木兰一枪刺中，翻身落马。花木兰喝令士卒们捆住豹子皮，随即押他上辛平帐中。

辛平平定黑山贼寇，统兵回朝复命，上奏拓跋可汗，陈述花弧的功劳。拓跋可汗授辛平为常山侯，授花弧为尚书郎。

花木兰辞别辛平，道："花弧深感元帅提拔，才有今日荣恩。只因省亲心切，就此叩别，容他日效犬马之劳。"辛平也为花木兰高兴："这都是足下自己努力所致，下官有什么功劳。他日再会。"

花木兰骑马上路，忽有先前的二位伙伴追来，问："花大爷，你怎么如此打扮？当了高官？"

"你们二位怎么现在才来？"花木兰问。

"我俩等候上司查功劳,如今都当了百户长,到本籍上任。"李青、王六说。

"既然如此,我们一同回原籍。"花木兰高兴地说。

李青、王六一路上东问西问:"花大哥,你真稀罕,拉溺也不让人看见。"

"我花弧有什么稀罕?我家才有一件稀罕事,我告诉你俩吧:我家隔壁那个庙里,泥塑的一个金刚,忽然变作了嫦娥面。"花木兰故弄玄虚。

"有这样的事?"李青、王六惊奇得不得了。

"你们不信?到家时,我引你们去看。"

三人来到花木兰家。李青、王六要辞别花木兰回家,花木兰盛情挽留他俩,并把他们安置在左厢房。

花木兰拜见爹娘,贾氏忙叫:"二姑娘、三哥,你们快来,大姑娘回来了。"随即又问木兰:"儿呀,这十二年你是怎么过的?"

"娘,孩儿去把贼兵剿,似风卷残云,活捉了贼首豹子皮,可汗授我高官。"

"什么官?"

"尚书郎。娘,我依旧是女儿身,没有辱没爹娘面。"

"孩儿,真难为你了。在众多男儿中,你守身如玉,保持女儿身。"

木难、咬儿见了木兰,几乎不敢相认;木兰见了木难、咬儿,也不敢相信自己的眼睛。木难已出落为一个大姑娘,咬儿也已是一个俊小伙,都与木兰齐肩了。

花木兰换下戎装,走进出征前自己住的闺房,打开床,推开窗,对镜整妆:"我又可以恢复女儿装了。"

花木兰一身女装,来见李青、王六。李青和王六都愣住了,面面相觑:"这个漂亮姑娘是谁呀?她怎么跟我们说话,一点儿也不忌讳。"

"我就是花弧。"花木兰笑着说。

李青、王六仍不相信。

花木兰便把替父从军的经过详细地告诉他俩。李青、王六恍然大悟:"花大哥,你原来是个女人。我们与你在战场上同行同住十二年,竟不知一点儿。你在路上说的金刚变嫦娥,原来就是这个谜底呀。我们服了你。"李青、王六辞别花木兰,各自回家。

花木兰又由父母做主,嫁给了王司训的儿子王郎。

女状元辞凰得凤

——《四声猿》

临邛化城山中一间小屋里,黄春桃正在沉思:"我黄春桃命真苦,十二岁时父母便相继亡逝。既无兄弟,又无姐妹,只得与乳母黄姑相依为命,寓居此处,又是八年过去了。侥幸的是,这儿涧谷幽深,林峦雅秀,助我拈毫弄笔神思。只是这样甘守穷困,也不是长久之计,就凭我胸中才学,改装一战,定能夺取功名富贵,食禄千钟,远胜甘心穷饿。"

想到这些,黄春桃便叫黄姑过来,一同商量。

"黄姑,我这些日子,每天都在琢磨生计,我和你在这里过这样的日子,终究不是个了局。你也了解我,凭我的才学,如去应举,绝不会落空,官职唾手可得。既当了官,就有俸禄,岂不强过如今这种有一顿吃一顿、无一顿饿一顿的生活?你意下如何?"黄春桃把心思告诉黄姑。

"妙!妙!你如去应举,绝对能中!只是你这女儿家的头脸怎么改变?"黄姑问。

"就把老爷留下的衣服稍做修整,我换下这身钗簪裙袄,改穿老爷的衣服。人们就会把我认作男儿,不会想到我是个女人。"黄春桃向黄姑解释。

"这倒有理,就依你。"

黄姑答应了,正要去收拾衣物,黄春桃又叫住她:"黄姑,从今以后,我改名为黄崇嘏,你改名为黄科,你也改成男人装扮,随我同去应举。"

"小姐,我左右靠你一世了。只是你得到的俸禄和抓来的东西,我要和你平分。"黄姑道。

"这个自然。"黄春桃应允。

黄春桃、黄姑收拾行李,向朝中进发。

"黄科,慢些走,我走不动了。"

"小姐,你叫谁呢?谁是黄科?"

"我叫你。你忘了,我们早已约定:我叫你为黄科,你称我为黄崇嘏。以后不许再称小姐,要改称老爷。"

"是,老爷,黄科明白。"

两人继续前行。

黄崇嘏到了都城,进场考试。

丞相周庠主考,他不循旧规,以蜀中美谈雅事为题,令考生各赋一词。考生当面吟咏,周庠当面品评。

周庠先起句,出了曲的上阕:

鹧鸪衣带，忙解鹧鸪衣带，望杏花村里来。提向黄公一掷，除却茅柴。

"黄崇嘏，你续下阕。"周庠吩咐。

黄崇嘏便随口吟道：

当一壶，赛真珠醉滴才。何事跑穿鞋？要引佳人笑口开，怕麿损了远山眉黛。亏杀他跟着措大，走遍天涯，还消得领雉头衣，付酒家酬债。

周庠仔细玩味，觉得黄崇嘏所说的似飘逸神仙语，便取黄崇嘏为第一。

黄崇嘏高中状元，出任成都府司户参军（掌管户籍民事的地方低级官员），不觉又是三年过去。

周庠要试试黄崇嘏的理事能力，特地发下三桩疑难案件，让黄崇嘏审理。黄崇嘏没费什么工夫就审个水落石出，周庠对她刮目相看。

周庠失偶多年，膝下只有一男一女，儿子名凤羽，女儿叫凤雏。儿女婚事不谐，周庠时时牵挂在心。如今黄崇嘏才学出众，又十分敏于处理吏事，便心有所感："黄崇嘏是我门生，才学既好，吏事又精，况且又不曾娶妻。我女儿凤雏年方二十，小黄崇嘏三岁，伶俐端庄。古人重择婿，我何不招黄崇嘏为婿？"主意已定。周庠便派人去请黄崇嘏，要试试她的技艺。

黄崇嘏来到周衙，周庠拿出纸笔，让黄崇嘏草书几匾。随后师生两人痛饮。

黄崇嘏酒力不胜，连连告饶："门生我醉了，我只能骑匹瘦马天街上迈，何日才了木兰债？"

周庠一听，觉得莫名其妙，忙问："怎么说这话？什么叫'何日才了木兰债'？"

黄崇嘏酒醉心不醉，急用话遮掩："门生醉了，匾中少题了数字，故此叫'何日才了木兰债'。"

周庠见黄崇嘏两颊绯红，以为她真醉了，便让仆人将她送到书房歇息。

仆人将黄崇嘏送到书房，问她："黄老爷，你可知道我家丞相今日请你喝酒的用意？"

"这只不过是丞相邀我吟诗赋文罢了，有什么用意？"黄崇嘏说。

"不对，不对。我家丞相有一个小姐凤雏，未曾许配。丞相以为你是个文状元，正可做他的风流佳婿，特让小人转达其意。丞相在书房等我回话。"周家仆人说明用意。

黄崇嘏大笑："这是怎么回事！这是怎么回事！既然我老师等我回话，我就写几句话，烦你转告丞相。"

周家仆人接过纸笺，自去回复周庠丞相。

黄崇嘏怕露出马脚，急忙与黄科不辞而别，离开丞相府。"老师呀，你该擦眼辨雌雄了；小姐呀，你只能铜雀深处锁二乔了。"

周家仆人把纸笺交给周庠细读，但见是一首诗：

一辞拾翠锦江涯，贫守蓬茅但赋诗。
自着蓝衫为郡掾，永抛鸾镜画蛾眉。
立身卓尔青松操，守志铿然白璧姿。
相府若容为坦腹，愿天速变做男儿。

周庠大惊，失声叹道："呀！原来她是个女人，天下竟有这等奇事。"好一阵遗憾。半晌，周庠又哈哈大笑："黄崇嘏呀黄崇嘏，我岂能饶你。等凤羽孩儿有了消息，我再来收拾你。"

几日后，家人来报周庠："公子高中状元。"

周庠暗自高兴，要给儿子择一个佳媳。

黄崇嘏听说周凤羽高中状元，又喜又忧："我前日已泄露了消息，遮也遮不得；如今周大哥中了状元，我该前去拜贺，只是我有什么脸面去见老师呢？"思来想去，只得硬着头皮去周家贺喜。

周庠见了黄崇嘏，便戏谑道："好呀！你那天说'木兰债'，原来你是个女人。我如今要上奏朝廷，就告你个以下欺上的罪名。"

黄崇嘏跪下，恳求周庠："望老师包涵。"

"起来。我如今另有一个题目要你答，你不可推脱。"周庠故作严肃。

"愿试。"黄崇嘏猜不透周庠心思。

"老夫爱你的才学，你如今既做不得我女婿，可愿做我媳妇？况且凤羽也状元及第，你是女状元，他是男状元，也算门户相当了。如你不从，那就是我做丞相无能，凤羽文章不济，我受不起一声'公公'，凤羽受不起一声'丈夫'，这也由你自便了。"

"老师这样说，叫门生措身无地了。前次门生已欺师了，如今在老师面前一站，已是羞愧万分，若做了媳妇，终身要侍奉公公，更将羞得无地自容了。"

"古有木兰从军之事，正是英雄才能如此呀。你何必害怕。"

"门生愿意从命。"

周庠便让女儿凤雏给黄崇嘏更衣，让她们以姑嫂相称。周庠又叫出凤羽，对他说："我本想将你妹子许给黄崇嘏，她一着急，才说出她自己是个女人。她做不成我女婿，我改了题目，让她做你媳妇，她无法推脱。"

凤羽想推辞，周庠又劝道："金榜题名，洞房花烛。你和她正是天然的巧合。"

周凤羽和黄崇嘏结成伴侣。这才是:

辞凰得凤今如此,坦腹吹箫常事矣。
世间好事属何人,不在男儿在女子!

荒唐世界荒唐事

——《歌代啸》

三清观里有两个和尚，师兄是张和尚，师弟是李和尚。

张和尚是半途出家的。妻子死后，他看破红尘，皈依佛门，只是利欲之心未灭。他私自积攒了些钱财，暗地里将师父早年典卖的菜园赎回。

李和尚自幼出家，只是未尝人道，色欲太浓，打熬不住，与本州王辑迪妻有些不尴不尬。

这一天，张和尚巡视菜园一番，暗自算计："师弟定有些积蓄。他事事机巧，我为何不用言语诱出他的钱，把他的钱增添到我菜园的花销上？只对他说，菜收后，除本分利，到时候我就其中打些偏手。像我这一片公道心，将来还愁成不了佛?!"回到寺里，张和尚便请来李和尚计议。李和尚昨夜到王辑迪家，与王辑迪妻吴氏幽欢，吴氏恋恋难舍，留下了李和尚的帽子，要李和尚今夜再与她幽欢。

李和尚光着头，见过张和尚。两人先闲聊半晌，渐渐说到正事上。张和尚说:"师弟,我久历风霜,以营产为重。如今这世上无钱不行。"

"师兄,你怎么又说这话,你我僧人,既无田园,又无本钱,怎么营产!"李和尚道。

"怎么做不得买卖?川中的杉板,口外的松材,都可买卖,只是没有本钱。"

"还是种菜园好,用的本钱少,也容易凑本钱。只可惜师父早已把菜园典给了人家。"

张和尚暗自高兴,心里说:"这秃驴渐渐中我计了。"便对李和尚说:"师弟,实不相瞒,我已向亲戚借贷了些钱,将菜园赎回了。只是人工钱我无法措办。师弟如肯出钱,到时除开本钱,余利均分。如此慢慢积攒,也可方便自己。"

李和尚见张和尚说出实况,不免心中暗恨张和尚戏弄他。李和尚要张和尚带他去瞧瞧菜园。"师兄,趁着咱们闲,去看看菜园怎样?"

"使得。"张和尚应道。

张和尚在前,李和尚随后,两人来到园中。

李和尚见菜园中菜长得好且种类多,心生嫉妒。张和尚见李和尚两眼瞪得大大的,知李和尚动了念头,便不让他再看,只坐在丝瓜棚下乘凉。李和尚从怀中掏出一瓶酒,劝张和尚喝,两人就着豆角,喝起了酒。张和尚喝了三杯,醉眼蒙眬。李和尚又从怀中掏出一包蒙汗药,倒入酒中,劝张和尚又喝了两杯，张和尚倒在地上不省人事。李和尚又把长工也灌醉了。

李和尚赶忙把菜园中的冬瓜摘下来，又找来一担箩筐，挑了冬瓜，直奔王辑迪家，交给吴氏。随后，李和尚又急急忙忙赶回菜园，趁张和尚和长工还未醒，李和尚赶忙躺在他们身边，假装醉酒。

张和尚、长工醒来时，李和尚还假装说梦话。

张和尚转悠一圈，不见了冬瓜，大吃一惊，忙和长工叫醒李和尚。李和尚揉揉眼，故意问道："发生了什么事？"

"师弟，园中的冬瓜怎么一下就没了？"张和尚道。

"师兄，恐怕是园中的土地神把它们弄走了。我刚才做了一梦，梦见……"李和尚正要往下说。

张和尚忙拦住话头，问："师弟，你做了什么梦？"

"我梦见一个白须白发、手拄拐杖的老头在园中走动。不一会儿，就有许多身穿不青不白衣服的妇人晃动，又有许多或着绿或穿红的男女走动，他们齐向白发老头磕头。白发老头对他们说：'你们都有杀身之灾。'后来那些妇人便全都跑了。"李和尚故弄玄虚。

"那白须白发的拐杖老头一定是土地神了。那身穿不青不白衣服的女人又是什么人？"张和尚相信了李和尚的鬼话。

"肯定是冬瓜精。"李和尚说。

张和尚气得昏倒在地上，长工扶他回寺。李和尚拾起张和尚掉在地上的帽子，戴在自己的头上，兴冲冲地向王辑迪家走去。

李和尚敲门，吴氏不应。李和尚便哀求："你怪我上午匆匆而来，匆匆而去，未与你温存。我向你请罪。"

"你只看这便想着那，将我抛在一边，这世上真没有慈悲和尚。"吴氏嘟囔着。

李和尚跪在吴氏面前："小僧如敢忘了你，我入庙见鬼，死后堕地狱。"

"你敢赌这样大誓，足见别无他心。起来吧。"吴氏转怒为喜，"你这帽子是谁的？"

"是我师兄的，冬瓜也是他的。"李和尚好不得意，边说边挨近吴氏。

吴氏看了看李和尚头上的帽子，说："这不如你自己的。你戴得不得法，我替你整整。"说着，便把李和尚的帽子摘下，放入袖中。

李和尚连忙来抢帽子："这一顶帽子你留着，可将那顶帽子还我。"

"那顶我替你藏着。你临去时，我把这帽子给你。"吴氏不肯撒手。

正在此时，吴氏母亲牙疼，来到女儿家，敲响大门。

吴氏着慌，对李和尚说："这声音不像他。你且躲着，我去开门。"她开门一看，原来是自己的母亲，便高喊：

"原来是母亲!"

李和尚知道来者不是王辑迪,便放心出来,见了吴氏母亲。

吴氏母亲问道:"这位师父是哪里的?"

"他是鸳鸯寺住持,精于医道,善治牙疼。我正要设斋款待他,向他求个秘方。"吴氏介绍一番。

李和尚道:"这位女施主说得是。小僧不仅长于口齿科,还精通妇科。凡深闺旷女、多年孀妇,一切疑难病症,手到即除。"

"师父,我女儿一片孝心,师父一片慈悲,我老人家一段缘法。你把治牙疼的秘方传与我吧。"吴氏母亲恳求李和尚。

李和尚心里犯嘀咕:"师父说过,凡牙疼者要灸间续骨,我怎知道什么是间续?或许间续就是女婿吧。只是她女婿一身都是骨头,灸他哪一处好呢?嗯,只拣他一块不致命所在灸一灸。"想到这里,李和尚便向吴氏母亲说:"老菩萨,我这方儿所用的药都在你女婿身上。"

"是不是用牛膝?"吴氏母亲问。

"不是。"李和尚笑了笑。

"是不是用龟板?"吴氏母亲要逞示一下。

"也不是。"李和尚仍笑,"只是把你女婿的尊脚请出来,将后脚跟灸三下。老菩萨你的尊牙就能火熄疼止。"

吴氏掩嘴而笑:"灸哪一只?"

"丈人牙病,灸女婿左脚;丈母牙疼,灸女婿右脚。"李和尚故弄玄虚。

"这方儿灵验吗?"吴氏故意问。

"这是妻母灸过小僧的方法,真是奇验。"李和尚信口开河。

"师父原来是半路出家的。"吴氏母亲问。

李和尚朝吴氏母亲笑笑:"老菩萨,你听错了,先前敝邻有个齐母,牙疼得厉害,也是小僧传了此方,曾把她侄婿灸了一次,牙疼便好了。"

三人正说着,又有人敲门。原来是王辑迪回来了。

王辑迪向丈母娘行礼,李和尚向王辑迪作揖。

李和尚向吴氏母女说:"药物已到,小僧告辞了。"说罢出门而去。

王辑迪问吴氏:"这位僧人是哪儿来的?"

"他刚从门口过,请来医治母亲的。"吴氏坦然地说,"这位师父传给母亲一个秘方,可根治母亲牙疼病,只是要借你身上一物。"

"我身上如有一物,我也不回家了。我有什么?我身无长物。"王辑迪是丈二和尚——摸不着头脑。

"只要你受些苦疼。"吴氏说。

"莫不是要我割股疗亲?莫不是要我燃香?"王辑迪仍

不得要领。

"只要请出你那经年不洗的右脚来，在踝跟上灸上七八下。医好我娘牙疼，也不枉我与你为鸳鸯夫妻。"吴氏解出谜底。

"香烧肉，火燎皮，太疼了，我不干。"王辑迪吓了一跳。

"呸！我当初在你家做童养媳时，你老子来扒灰，我难道不曾疼？我既为你老子疼得，你就为我老娘疼不得？"吴氏低声对王辑迪说。

"你这是要我父债子还了。我要留脚走路，这事我不干。"王辑迪仍不肯，"疼的是丈母娘的牙，与女婿有什么相关？"

"怎么不关你事？我是从她肚子里爬出来的，你也有半截子在我肚子里串过，难道气脉不和通了？"吴氏强词夺理地指斥王辑迪，趁他不注意，把他按倒在地。王辑迪大喊大叫。

李和尚因帽子还落在王辑迪家，又回来取帽子。吴氏母亲开门，李和尚作揖，请求她布施几顶旧僧帽。但是吴氏母亲找不到。

正在一片纷乱时，邻居们听见王辑迪家大喊大叫声，以为出了人命，都急忙赶来相救。

李和尚顾不得要僧帽，赶紧逃走。

众邻居问明情况，各自散去。

吴氏脱衣裸袖，与母亲一起又将王辑迪按倒。王辑迪趁她俩不注意，一使劲儿，把她俩推倒，抢了吴氏的衣服就跑。

吴氏母亲好失望："唉，一个好药方无法用了，我的牙疼几时才好呀！"

吴氏劝慰母亲。

王辑迪跑出好几里地，停下脚步，正琢磨着要把吴氏衣服送给当铺，当几个钱用。用手折叠衣服时，手忽然触着一件硬物，心中疑惑，便把衣袋抖动，没想到抖出一顶僧帽来。他仔细一看，僧帽上有几个字"三清观张"，不由得想起了前天晚上的一件事——他酒醉归家，只见一个人从他家窗子里跳出，掉下一只鞋。他便把鞋拾起，装在衣袋里，倒头睡在床上，准备次日与妻子吴氏算账。次日他醒来，却发现自己枕着自己的鞋睡了一夜，恍惚间，他觉得不对劲儿，便问吴氏："昨夜从窗子上跳出的是谁？我枕着的那只鞋呢？"吴氏说："昨晚你喝醉了，从窗子上跳出的正是你，鞋也是你的。"他被吴氏指斥一番，不敢再言语。

王辑迪盯着手中的僧帽，嘀咕："如今僧帽在我手中，那给丈母娘医病的和尚恰似前天从窗子上往外跳的那人。如今僧帽上既有姓名，又有住址，我且找个人写张状子，到州里告他去！也报报他唆使丈母娘和妻子灸我的仇怨，我决不饶他。"随后他便找人写了一张状纸，直接往州里去告状。

给王辑迪写状子的是李和尚的一个熟人，他便把消息告诉了李和尚。

李和尚趁机赶到王辑迪家，与吴氏商量。

"心肝，你丈夫将你衣服抢去，从衣袋里摸出了顶僧帽，请人写了状子，到州里上告去了。幸亏写状子的人是我一个熟人，听他说，状子上告的是我师兄张和尚。我特来报信与你。"

"这都是我留下僧帽的过失。"

"心肝快不要这样说，当初你留下帽子，也是一片情意。"

"莫非你我从此拆散？"

"天下事在人为。心肝，待你我从长计议便了。"

"你说，怎么办？"

"如果你我造化，州官只追究张和尚，万事俱休。如州官要追究彻底，少不得会追究到你我头上。那时节，你就说：'张和尚用强凌逼，小妇人并未依随，因此便抢了帽子，正要上告官衙。只因当时为母治病，家里乱纷纷，来不及上告。'你一口咬定是张和尚要强奸你。我再把他手上伤痕及生辰八字都告诉你。万一州官追究，你也好随机应变。如官府判你离异，到时我还俗娶你，岂不可做长久夫妻？"

"这是你的帽子，你戴上它，去吧。"

李和尚从吴氏手里接过帽子，戴在头上，匆匆地离去，赶回三清观。

吴氏也急急出门,去关照母亲,到时应付意外。

王辑迪带着衙役来到三清观,将正在养病的张和尚锁上。

李和尚正好回观,与众人打个照面,急忙要躲开。

张和尚赶忙高叫:"师弟,快救我!"

"师兄,你怎么了?"李和尚故作惊讶。

"我也不知道究竟为了什么?"张和尚满腹委屈地说。

"为什么?你是偷吃腥荤的猫儿,被人捉住了。"衙役在旁说。

李和尚挤兑张和尚:"你原说佛律森严,官司利害,你怎么明知故犯?像我这样守清规的,谁敢找我?我救不得你。"说完,拔脚就走。

王辑迪一把扯住李和尚:"你怎么这样面熟?对了,昨天在我家见过你,你也有干系。"

衙役过来,把李和尚也用枷锁了,一同押往州里。

州衙里,州官审讯原告和被告。

"带原告王辑迪。"

王辑迪跪下,陈述告状缘由:"大人,小人昨日回家,只见丈母娘和妻子陪一个和尚坐着,那和尚打个照面就走了。后来小人的妻子脱了衣服赶小人,小人抢了她衣服就跑,发现了衣袋中的僧帽。小人才敢斗胆依帽子上的姓名状告张和尚。定是张和尚行奸。"

州官指着张和尚，问王辑迪："原告，你认得他吗？"

"不像他，帽子却是他的。"王辑迪回答。

州官又指李和尚，问王辑迪："是他吗？"

"相貌有些像，帽子上却无'李'字。"王辑迪说。

州官想一想，说："莫不是李和尚向张和尚借了帽子？"

"小僧现有帽子，为何舍己求人？"李和尚狡辩。

州官沉思片刻，又说："或许张和尚向你借了面皮，戴着帽子去的。"

"他干歹事，小僧怎么借面皮给他？"李和尚驳倒州官。

州官问来问去，问不出个所以，便喝令衙役将张和尚、李和尚拶起来。

差役把吴氏和其母带到。州官见吴氏有几分姿色，便说："吴氏，上来，再上来，再再上来。"

师爷见了失笑："老爷，太太要知道了，她可饶不了你。"

"不妨事。我在后堂门前安了栅栏，不怕她上公堂吵闹。"州官颇为得意。

吴氏母亲在堂下见到张和尚，便问："张师父，你怎么手上套上几根小棍？"

州官便问吴氏母亲："你女婿现说面貌不像他，你老眼睛，休认错了人。"

吴氏母亲便依照女儿所教的话，回答："老妇人虽老眼昏花，在女儿家中，却亲眼看到他手掌上有一条血印。"

州官叫师爷查看张和尚手掌，掌中果然有一条血印，便认定张和尚就是那个图谋强奸吴氏的和尚。张和尚连声喊冤，州官不予理睬。

州官又审吴氏："吴氏，你且说当日情形。"

吴氏便依照李和尚所教的计策，开口说："前日张和尚挑着一担冬瓜来我家寄放，次日来取冬瓜钱。我说：'冬瓜还未卖，如何要钱？'他说：'小僧也不是卖瓜的，只求女菩萨赏我几滴甘露。'说完便跪下求欢。我趁势抢了他的帽子，并说：'等我丈夫回来，拿你到州里治罪。'张和尚着慌，双手按住我，不知他是要求欢还是夺帽。正在此际，我母亲来了。张和尚见我母亲掩口呻吟，便说：'小僧情愿治牙，将功赎罪。'随即自道生辰八字，跪地说誓。我就准允他为我母亲治牙。依他的奇方，要灸我丈夫脚后跟来治我母亲的牙疼，丈夫不服灸，逃出家门。请青天大老爷明断。"

州官信以为真，便判吴氏离异，理由是她冶容诲淫；又判张和尚坐狱，菜园归官；判李和尚为三清观主持。

张和尚不服，与州官争论。李和尚暗自庆幸。

衙吏来报州官："老爷，后宅起火了。"

"快叫百姓来救火。"州官着急，吩咐狱吏押张和尚牢中监守，其余人众回家。

州官急忙赶往后宅。原来，这把火是州官太太放的。州官太太在后堂瞧见州官与吴氏挤眉弄眼，想到前堂阻止，只是后堂门口安上栅栏，撼了数次，不能移开，便恼怒起来："这歪材料不长进。先前已与丫头偷情，我闹动州衙，他才有点儿悔悟。今日见着一个女人便如此动心，又安上栅栏禁止我上堂。难道我便无计可施，让你下堂？"她跑到后院，点燃一间草屋。一时间，乌烟匝地，烈焰腾空。

州官向太太谢罪，又去督人救灭了火。

州官太太歇足了精神，坐在椅子上大叫："歪材料！还不过来给奶奶请罪！"

州官穿了便服，急忙跑过来。

"歪材料！你割爱偷丫，尚称初犯；我刚立规矩，你便弄乖使滑。"州官太太怒气未消。

"奶奶，下官恪守你所订的规矩，哪敢违犯。但见你的脸，我做梦也害怕你。"州官站着，恭敬地回话。

"这后堂门口栅栏是什么时候安的？"州官太太问。

"昨日才安的。上司命令，下官不敢违。"

"即便是上司命令，你也要禀告我才对。做官的依上司口吻做事，岂会有差错。"

"下官已认罪。可你为何又叫人在前衙放火呢？"

"你莫非见鬼了！"

"你看，那儿不是火光冲天吗？"

州官指着衙门外，但见一片光亮，州官太太也着急了。

"歪材料！你不会让衙役救火呀！"

州官急忙高叫："快传百姓救火。"

衙役说："老爷，不曾失火，是百姓持灯来救火。"

"与我传令，百姓回家歇息。"州官喘了口气，"明天来领赏。"

百姓持灯回家。

州官太太问州官："你为何要赏他们？"

"因为他们来救火呀。"州官说。

"他们为什么来救火？救的是哪里的火？"州官太太追问。

"是后衙里的火。"

"为什么后衙起火？"

州官迟疑，不敢说话。州官太太骂他："歪材料！你为什么不说话？我替你说吧……"

州官道："你饶了我吧。我再不敢自专了。"

天亮了，州官太太自去歇息。州官升堂问事。

昨夜救火的百姓前来领赏。州官却喝令衙役将百姓乱棍打出："你们既说来救火，便该用水，为什么反而点灯来。莫不是以火救火不成？这不是趁空掳劫，就是乘机拐带妇女。"

于是州官出了一则告示，以后禁止百姓点灯。从此，这个州夜里再也见不着灯了，百姓生活在黑暗中。

卢至因悭破家私

——《一文钱》

舍卫城里有一个卢至员外,世代仕宦,家产富饶。童仆不下数百,良田不下数千亩。卢至还不满足,又百方营求,千方省俭。他时常想:"天下最难得的是钱财,钱财入手,岂宜浪费。"因此身上穿的、口里吃的,尽量件件俭省。人们都叫他为"臭卢员外"。

这一天,卢员外带着儿子到后园去采摘李子。小儿子见了李子,苦苦哀求:"爹爹,给我吃一个吧,给我吃一个吧。"卢员外伸手就是一巴掌,骂儿子:"一个李子卖一个钱,你吃一个就少一个。小孩子不要吃得口惯。"小儿子仍哭个不止,卢员外没奈何,只得给他一个李子。回家后,卢员外便把小儿子一日的口粮二合米扣除了。原来,卢员外见家中人口众多,生怕浪费粮食,便限定每人每天二合米。

卢至肚中饥饿,便往厨房去,寻些豆屑饭。他一边走,一边想:"几时才能够奇珍异宝万箱,金玉煌煌映画堂。"

走着走着，正碰上卢娘子迎面走来。卢至好生不乐："老婆过来了，倘若她陪我吃饭，她不就省了自己名下的二合米，留作私房。我暂且忍住饥饿，等她走了以后，我再吃饭。"便坐在椅上。卢娘子见了卢至，开口说道："员外，你整天不乐，眉头常皱，忍饥挨饿，积攒家私，妻儿遭磨折。我只怕有朝一日一钱无有，怎见人死后金椁银棺葬山丘？"

"娘子，我一生不嫌铜臭，应叫铜钱绕床卧。古人说'好家有千万，小处不可不算'。"卢至说。

"算得好，算得好，只怕你妻儿饿倒了。"卢娘子愤愤不平地说。

"饥寒小事何足提，惜粪如金家才旺。"卢至为自己分辩。

就在这时候，丫鬟喊道："娘子，你快来，小员外饿倒了。"

卢娘子气愤地指着丈夫的鼻子，说："你儿子饿倒了，你却千方百计贮粮。"说完，怒气冲冲地走了。

卢至却喜笑颜开，暗自高兴："娘子说了这半天，如今她去了，我这碗饭吃得自在。"一边吃着饭，一边想着如何得些便宜。

阿兰节会这天，卢至一大早就起来，盘算着："今日是阿兰节，郊外游人必多，我也只去看会，随便走走。假如遇上故人旧友，我便吃他一顿饭，岂不就省了自家的。"

卢至走着走着，忽然眼睛一亮："呃，前面是什么东西在地上闪亮？"走过去一看，原来是一个铜钱，急忙拾起，放在手中，仔细看来看去，满脸含笑："造化，造化。一个好钱，快活快活。"转身向四周瞧，拿着铜钱的手在抖动。"我快把钱藏起来。掉钱的人回来找钱，被他看见，可不是闹着玩的。"卢至瞧一瞧自己身上，衣裳破烂，鞋掉了帮，心中发愁："把钱藏在哪呢？藏在袖子里，恐怕掉了；藏在鞋子里，我的鞋又没有底；藏头巾里，巾子上又有许多窟窿。得了，还是紧紧攥在手里。"

一拨乞丐从卢至身边走过，乞丐瞧一瞧卢至身上穿的，忍不住笑着说："他还不如我们乞丐呢，穿的比我们还破，脸上也没肉。"乞丐们走了不远，便停下脚步，席地而坐，各自拿出袋中乞讨来的食物，有的掏出一瓶酒，有的掏出一个猪头，有的拿出半截鹅，有的拿出些馒头，就凑在一起，大吃大喝起来。吃完饭，乞丐们便数落城里的富人，道："富人不富心，他们只知道积攒钱财，却不会生活。我们一无所有，却比富人活得自在。"

卢至在旁听了，忍不住心中暗笑："孔方兄是我命根，我一向不敢胡花钱。也罢，刚才拾得一文钱，就拿它花花，也省得被嘲笑。"看看手中的铜钱，忍不住嘲笑掉钱的人："天下竟有这样的人，钱财在手，不小心照顾，却掉在街上。如果我掉了一文钱，夜里也睡不着。"

乞丐们还在谈笑着,一个乞丐说:"你们不晓得城中的卢员外,他日进财夜进宝,却舍不得吃,舍不得穿,舍不得用,妻儿冻饿。你们说,这个卢员外多可怜啊,还不如我们快活。"其他乞丐也附和。众乞丐七嘴八舌议论卢员外,觉得没趣,继续朝前走了。

卢至听到乞丐们的谈话,倒也不脸红,心想:"一文钱为本,我且收着。乞丐们笑我不会享受,也罢,我就花掉这一文钱。这一文钱干吗?对了,用它买东西吃。买什么呢?豆腐不能生吃,青菜又要油多,酒乱人性……"

忽然前面响起吆喝声:"卖芝麻哩,卖芝麻哩。"

卢至忽然有了主意:"呀,我怎么就没想到芝麻。芝麻多,正好一路吃。"便高声叫:"卖芝麻的,快来。"

卖芝麻的张才走过来,一见是卢至,连声后悔:"晦气,晦气,碰上了臭卢员外。"只得硬着头皮过来,问卢至:"员外要几百担芝麻?"

"我家一年也才吃百十担芝麻,今日不要许多。"卢至拿着铜钱的手在颤抖。

"要几担?"

"再少些。"

"要几斗?"

"再少些。"

"你买几升几合?"

"我今儿吃饱了,出来闲走。不料碰上你,我要做成你的生意,只带了一文钱,买点儿芝麻吃,消消乏。"

卢至把一文钱递给张才,张才舀出半勺芝麻。卢至嫌少,与张才争夺起来,芝麻洒落地上。张才嘲笑卢至:"从来不见你这样的财主。家私铜斗般,气量芝麻大。"说罢,挑着担离去。

卢至捡起芝麻,一粒一粒地吃起来。忽然一群鸟飞来,卢至忙掩住芝麻,挥手赶鸟:"孽畜,我辛辛苦苦买来,你倒要抢我的吃。"他见前边有一所空房,急忙躲进去。狗突然狂吠,卢至吓了一大跳:"这孽畜也要夺我的吃。"急忙从房里跑出。"我且到山顶上树木丛密的地方去。鸟又飞不下,狗又跑不上。我岂不吃得自在安稳。"

卢至跑到山顶,挑了一处枝叶最密的大树,爬了上去,坐在树杈上,一粒一粒地吃着芝麻。

西天帝释降落舍卫城,来找卢至。原来卢至本是一位阿罗汉,因贪心未净,罚降下方。如来佛特派帝释来点化卢至。

帝释走到卢至面前,道:"卢员外,稽首。"

卢至忙把芝麻倒进嘴里,咽下肚,说:"师父从哪儿来?"

"贫僧不远千里而来,要建座宝塔,四处募捐。特向大财主募化三千银子。"帝释说。

卢至闻言惊骇："师父错了。我是个穷鬼，家中饭也没得吃，哪有银子布施？"

"久闻员外是天下第一大财主，三千银子算得了什么！"帝释劝谕卢至。

"你这师父，真好笑。三千银子还说不多，难道要把我朝积暮攒的全部送给你！"卢至说。

"你难道不怕下地狱！我听说，守财的人要入地狱，还会变成饿鬼。"帝释威胁卢至。

"师父，你说的都是出家人的话，我们俗人与你不同。世人急攘攘不分昏晓，只为近营衣食远虑儿曹。世人轻贫重富，怎能不思后日来朝。不是我痴心妄想，只怕昔富今贫被众人嘲。"卢至不理睬帝释。

帝释见劝说无效，便施展神通，让卢至饮酒，卢至醉倒。

帝释便变作卢至，来到卢至家。

假卢至见了卢娘子，卢娘子问："员外回来了，郊外春色如何？"

"郊外极美。我偶遇一圣僧，他说我辛苦操劳太痴迷。原来我一向爱钱，不肯花用。你说为什么？"假卢至说。

"为什么？"卢娘子问。

"原来并不是爱钱，而是我身上有一悭鬼，它见了钱财就如性命。幸亏圣僧说破，又亏他替我驱逐了悭鬼。圣僧对我说，悭鬼虽然驱去，不久必然又来。"假卢至卖弄关节。

卢娘子惊讶不已："这怎么好？那悭鬼什么模样？"

"他模样与我一般。他来时，你们全都打骂他，赶他出门，使他永远不敢上门。"假卢至说，"娘子，我如今把管家叫来，把家私全部分发给人，留一小部分你我享受。"

卢娘子忙答应，叫来管家金穴、钱山。

假卢至让金穴、钱山到街上告知父老乡亲，十日之内来卢家领取钱粮。

不到几天，卢至的家私散发干净。

卢至酒醒，向家中走来。

假卢至吩咐众人："悭鬼来了，快把他赶走。"

卢至气愤不过，到国王处告状，又因手头无钱，无人理睬。

卢至到孤独国向如来佛求救，如来佛让弟子们变作十个卢至。卢至终于省悟，重新皈依佛门。

功名富贵都是梦
——《邯郸记》

卢生随父流落到邯郸县,如今孤身一人。他长得眉清目秀,背厚腰圆,眼到口到心到,是书必读。只是有一件不幸:时不到,运未来,命太乖,只靠着几亩薄田过日子。

这一天,卢生厌倦了农活,鞴了鞍,骑着驴,出门散心,不知不觉来到赵州桥附近的一个小饭店,下了驴。店小二接过驴,将它系牢,并喂了些草料。

仙人吕洞宾曾在人群中细观卢生相貌,见他长相精奇古怪,有半仙之分,便要度他为仙。只是因为卢生沉障深久,心神难定,学成了文武艺,却未能售给帝王家。吕洞宾便尾随卢生来到店中,要想办法劝卢生得道成仙。

卢生见了吕洞宾,便问:"老人家,您从哪儿来?"

"从回回国来。贫道姓回,就称回道人吧。"吕洞宾随口胡诌,又反问卢生,"足下高姓?"

"小人便是卢生,庄户人家,靠种田养生。"卢生叹口气。

"今年庄稼收成如何？"吕洞宾问。

"还凑合。"卢生看着自己的破衣烂衫，又叹气道，"大丈夫生不逢时，穷困如此！"

"我看你身宽体胖，并无灾病，开口就说穷困，这却是为了什么？"吕洞宾道。

"大丈夫当建功树名，出将入相，列鼎而食，选声而听，宗族昌盛，家庭丰足，这才算得意。如今我空有满腹文武艺，却守着几亩薄田过日子，能不感叹？"卢生牢骚满腹，"我饿了，小二哥，你为我准备一份饭。"

店小二道："我替你煮一锅黄粱饭。"

卢生就躺在榻上，想要先睡一觉，只少一个枕头。

吕洞宾见卢生功名富贵心太浓，便决心趁机点化他。他从包袱中取出一个瓷枕，递给卢生："你想一生得意，我助你一枕。"

卢生伏枕睡去……

卢生感觉身轻如燕，不知不觉就来到红粉高墙前。见门敞开着，便闪身进去。迎面是一个大花园，花园后才是正厅，厅上摆设着古画古琴，碧珊瑚红地毯。

卢生正在琢磨之际，猛然听到有人喊："什么人？快抓住他。"卢生急忙躲在回廊，正要往门外溜，门却早已关上。卢生见情况危急，便躲到芙蓉架底下。

三个女人朝这边走来。一个老妈子叫:"那汉子还不出来!"

卢生见无处可逃,只得出来。老妈子抓住卢生,让他低头跪地。小姐问卢生:"我问你,你是哪儿人?姓甚名谁?"卢生只得一一细说:"无爹妈,也无妻小,卢生原是旧姓望族。"老妈子斥责他:"你没有妻子,在这里狗头狗脑。"

小姐让侍女捆绑卢生,卢生告饶。小姐问他:"你要官休还是私休?私休,则不许你回家,赘在我家,与我成夫妻;官休,则送你到清河县衙去见官。"卢生答:"我愿意私休。"小姐让老妈子带卢生去洗浴。原来,这位小姐也是名门望族,是清河县崔氏。

崔氏和卢生结成夫妻。

崔氏自恃是名族,七辈都没招过白衣女婿,便要打发卢生去应举,特与老妈子商量,老妈子极力赞成。

崔氏便对卢生说:"卢郎,自从招你在此,你我成了夫妇,朝欢暮乐,真是人间得意事。只是我崔家已七辈不招白衣婿,如今要你去应举赴试。"卢生道:"娘子,今日天缘,现成受用,不必再提'功名'二字。"崔氏说:"你交游不多,才名不广。我让家兄助你,取状元易如反掌。"卢生便问:"令兄是谁?"崔氏解释说:"家兄即是钱。我倾尽家中所有,替你谋取功名。"卢生点头称是。

卢生到了京师,贿赂当朝权贵。众人臣都称道卢生。

宇文融奉旨阅卷，想迎合朝廷，巴结权贵，便录取裴光庭为第一，萧嵩为第二。高力士来打听阅卷情况。宇文融一一道来。高力士面露不悦，宇文融追问究竟，高力士才说出唐玄宗已钦点卢生为状元。原来卢生暗使钱财，贿赂当朝权贵，大臣们便纷纷向唐玄宗举荐卢生，唐玄宗便在落卷中点取卢生为状元。

宇文融不敢抗旨，只得依从，心里却老大不乐意："可笑，可笑，我看定了的状元，却被卢生投机钻营而夺取了，而他偏偏不巴结我。"

唐玄宗赐宴曲江池，款待新科状元卢生，令考试官宇文融作陪。席间，卢生对宇文融爱搭不理，裴光庭、萧嵩对宇文融唯唯诺诺，极力讨好他。卢生赋诗：

香飘醉墨粉红催，天子门生带笑来。
自是玉皇亲判与，嫦娥不用老官谋。

宇文融认为卢生有意奚落自己，便怀恨在心。

卢生任翰林学士兼知制诰，萧嵩、裴光庭俱任翰林编修。

卢生私自利用掌制诰机会，为妻子崔氏谋取了诰命夫人，星夜捧着五花封诰来与崔氏相见。卢生所作所为被宇文融发现，宇文融上奏唐玄宗。唐玄宗宽恩免究，令卢生外任陕州知州，凿石开河。

卢生走马上任，率领民夫凿开了石山，挖通了运河。

唐玄宗要从长安起身，东巡洛阳，便带了高力士、宇文融等人。途经陕州，卢生率士卒民夫跪拜接驾。唐玄宗大喜，嘉奖了卢生，还乘龙舟在运河中游览了一番。

忽有探马来报宇文融："瓜州告急，番兵入侵，守将战败而死。如今番兵正杀向玉门关。"宇文融心生一计，便向唐玄宗奏道："陛下，番兵杀入长城，守将抵敌不住，战败自杀。军情紧急，请陛下裁处。"唐玄宗大惊："怎么办？"宇文融暗自得意："我如今就再寻这个难题让卢生去做，让他死在番兵手里。"便对唐玄宗说："启奏万岁，臣与文班商量，卢生文武俱通，正可抵敌。"

唐玄宗准奏，便封卢生为御史中丞兼领河西陇右四道节度使，挂征西大将军印。卢生谢恩，换了戎装，拜别唐玄宗，直往边境而去。崔氏仍住陕州。

卢生来到边境，私自寻思："臣主和同，国不可攻。我派一人到番国进行离间，让番王错杀悉那逻丞相，则大将热龙莽势单力薄，便不战而下。杀败番兵，我定可建立大功。"卢生便派了一个精明探子打番儿汉到番国离间番王与丞相，番王果真中计，杀了悉那逻丞相。热龙莽听说悉那逻丞相被杀，惊慌失措。卢生趁机率领大军杀过去，热龙莽率兵来战。卢生打败热龙莽，直追到天山，刻石纪功，率兵返朝。

唐玄宗见了卢生捷报，封卢生为定西侯，食邑三千户，加太子太保兵部尚书同平章军国大事。卢生大喜，与将卒摆酒庆贺。崔氏和梅香听到这个消息，也欣喜若狂。

宇文融本想陷害卢生，不料反而使卢生享有边功，弄巧成拙，悔恨不迭："只因卢生不肯拜在我门下，才嫉恨他。让他去开河，他倒立了功，开河三百里，博得皇上欢喜。让他去征讨番兵，他又立功，反而受封为定西侯。如今再没有什么难题可以难倒他了。"宇文融沉思数日，搜罗卢生把柄，说他贿赂番将虚立军功，写了奏本要上奏。恰遇萧嵩来访，宇文融便说："萧年兄，你没听满朝文武都说卢生通番卖国，大逆不道，罪该处斩。"萧嵩劝宇文融不要造次。宇文融反诬萧嵩是卢生朋党，结私欺君："原来你只为同年好友，却不为朝廷。我已做下奏本，连你也奏上一本，奏你朋党欺君。"萧嵩思虑再三，向宇文融妥协，在诬奏卢生的奏本上画了押。

且说崔氏在家设宴款待卢生，一家人欢天喜地喝着庆功酒。"夫人，夫荣妻贵，干。""相公，夫贵妻荣，干了。"

家院来告卢生："老爷，夫人，外面军校们将房屋四周围住，叫嚷不停。"

众军校闯入卢府，卢生大喝："谁敢无礼！"众军校说："奉圣旨特来捉拿你。"卢生问军校："既是奉旨拿人，我犯了何罪？"一军官说："圣旨上说，前节度使卢生私通番将，

图谋不轨。即刻押赴刑场,斩首示众。"卢生、崔氏跪地接旨。卢生拔剑要自杀,众军校夺剑:"圣上不准你自裁,要明正典刑。"众军校押卢生赴刑场。

崔氏领了几个儿子,到正阳门叫冤。高力士见是一品诰命夫人崔氏喊冤,便去向唐玄宗求情。高力士同裴光庭来到正阳门,向崔氏宣读圣旨:"卢生有冤,特命裴光庭至云阳赦免卢生一死。流放卢生到广南崖州鬼门关安置。"崔氏撮土为香,跪拜谢恩。裴光庭捧旨和崔氏急忙来到刑场,高喊:"刀下留人,刀下留人!"刽子手给卢生松绑,卢生倒地叩头,拜谢圣恩。

卢生独身前往鬼门关,崔氏率儿子们哭送卢生。

宇文融又向唐玄宗密奏一本:"崔氏乃叛臣妻,理应没为官婢;卢生数子俱系叛臣之子,俱应流放远方。"唐玄宗准奏,崔氏被没入外机坊织作,崔氏几个儿子都被赶出京城。

后来,宇文融阴谋被发觉,唐玄宗派人捉下宇文融,又口述旨意:"差官速到鬼门关钦取卢生还朝,升任卢生为当朝宰相,妻崔氏为一品诰命夫人,诸子俱各受门荫。"随后斩了宇文融。

再说卢生到了崖州,屡受崖州司户欺凌。崖州司户受了宇文融丞相密札,用铁钤敲卢生头,用火烙烙卢生脚,卢生被折磨得死去活来。

差官到了崖州，开读圣旨，卢生官复原职。崖州司户自绑双手，向卢生请罪。卢生笑笑，为他解去绳索，说："如今世道人情反复无常，你也不必在意了。"

卢生回朝，当了二十年宰相，进封赵国公，食邑五千户，官加上柱国太师。长子卢傅为翰林侍读学士，次子卢倜升吏部考功郎，三子卢俭任殿中侍御史，四子卢位为黄门给事中，幼子卢倚为尚宝司丞。孙子十余人都入国子监读书。卢家一时富贵至极。

卢生年已八十多岁，忽然一病三个月。皇上派礼部官员到各宫观建醮祈禳，王公国戚都为卢生烧香。

卢生病死，儿孙哭作一团……

店小二见卢生仍在睡，轻拍几下卢生背，说："卢生醒醒？"

卢生惊醒，忙向四周一看，叫道："夫人哪儿去了？"

"什么夫人？"店小二问。

卢生见夫人不在，忙叫儿子："卢傅、卢倜、卢俭、卢位、卢倚，你们在哪儿？"

店小二见卢生说话蹊跷，便问他："叫谁？"

"叫我的儿子。"卢生说。

店小二问："你有几个儿子？"

"五个。"卢生说，"他们都往前面敕书阁宝翰楼去了。"

"这儿只是我这个小店。"店小二说。

卢生听见屋外驴叫,便说:"三十匹御赐的名马,可曾喂了些料?"

店小二道:"只一个蹇驴在放屁!"

"那,我脱下的朝衣朝冠呢?"卢生着急地问。

"破羊裘在你身上。"店小二嘲笑卢生,"癞蛤蟆想吃天鹅肉。"

卢生睁着迷迷糊糊的眼睛,问店小二:"你是谁?"

"我是赵州桥店小二,正给你煮黄粱饭。"店小二说。

吕洞宾进房,卢生说及梦中荣华富贵,面带欣喜之色。

吕洞宾一一解破梦中情境,卢生恍然大悟,感叹地说:"功名富贵身外事,怎如黄粱香滋味。如今就拜师父,入道修行。"

吕洞宾携了卢生同入仙道……

齐人乞食东郭外
——《东郭记》

春秋时代,齐国政治混乱,无耻成风。

临淄有个儒生齐人,与淳于髡、王子敖为友。淳于髡滑稽多智,王子敖谐媚能容,齐人放荡不羁,三个人结伴浪游街市,狂走尘埃,倒也活得自在。

这一天,齐人请淳于髡、王子敖来家中闲聊。齐人叹息一声,说:"两位兄弟,我和你们一贫如洗,虽逐日相聚,终非长久之计。我仔细考虑,当今世界,贿赂公行,廉耻丧尽。我们为何不浑水摸鱼,捞取富贵?"

淳于髡、王子敖异口同声地说:"仁兄所言极是。"

"高节清风早已丧尽,英雄正该识时务。你我走在大街,有谁怜悯我们?"齐人继续说。

"自古贤豪从困起,我们也可仿效。今日贫贱,他日身着锦衣。"淳于髡附和。

齐人略一沉思,才说:"咱们兄弟各自分头从事,求取

进身之阶。我听人说，拘小节者不能成高名，恶小耻者不能立大功。从今往后，我们扔掉面皮，抛弃羞耻，投机取巧，夺取富贵。"

淳于髡、王子敖点头称是，辞别齐人，分头去求进身之道。

齐人低头瞧瞧身上穿的儒衣，眉头一皱，计上心来，自言自语道："我也该改换改换衣服，手执荆杖，腰挂食筐，就扮作乞丐。这都是近年来求富贵的诀窍。"

齐人便四周寻食，来到东野，走进一家荒败花园，正遇上姜氏长女。齐人向她作揖，姜氏长女回拜。齐人开口问："小娘子芳名？"

"我姐妹二人是姜姓。"姜氏长女答。

"果然是名门望族。小姐已许人否？"

"我年已十八，尚未许人。"

"小姐既未许人，我也未娶，倘小姐不弃，同效百年，意下如何？"

"我家就在此处，请君子暂留。"

"小姐，我明日便请媒人来问亲。"

齐人便告辞姜氏女，去请媒人。

几天后，齐人入赘在姜氏家，与姜氏长女成婚。姜氏长女和姜氏次女相依为命，上无父母，下无兄弟。

齐人已得姜氏长女，又同姜氏次女戏谑，趁她洗浴之时，逼她与己合欢。

齐人得姜氏二女为妻妾，一时志得意满。

淳于髡、王子敖辞别齐人后，二人商议，要学一门手艺，谋一碗饭吃。二人商量来商量去，决定去向名人雅士请教，便结伴而行，到东野去听公行子、东郭氏、尹士等人讲学。

公行子等人讽刺时事，批评世风，狂言狂语。淳于髡、王子敖听了，却视它们为宝贝。

淳于髡、王子敖告别公行子等人，途中，两人认为公行子等人的话有用，决定以旁门邪道获取名利。"求名获利，须要不羁。"

王子敖别了淳于髡，心中暗喜："刚才听讲，已悟涉世之术，要试一试'穿窬术'。只是时间匆匆，无暇试行。"

王子敖来到高唐，听说绵驹善歌，雅俗共赏，便想向绵驹学些歌，以便沿门乞讨时用得着。他来到绵驹家。绵驹问明来意，便对王子敖说："客人，近来齐国风俗越来越不好。做官的便是圣人，有钱的便是贤人。我教你一段小曲，它是稷下儒士田骈、慎到所作的。你可记熟了。"

王子敖学会了小曲，辞别绵驹出门。

王子敖把绵驹教的小曲沿街卖唱，获利极少，便索性做贼，穿墙凿壁，获取不劳之利。只是城中鸡犬太多，王子敖夜里做贼极为不便。他忽然想起绵驹曲中有句"邻家鸡鹜偷

将腊"，便不去偷城里人，只每天偷一只邻舍家的鸡。

　　这一天，王子敖因昨夜做贼辛苦，早上起来时肚子饿得难受，向屋里扫视一遍，竟找不到可充饥的食物，便又到东邻家去偷鸡。他趁人不备时，使一个饥鹰捕食姿势，迅速抓了一只鸡便跑。鸡咕咕叫唤，邻居跑了出来，见王子敖手里抓着的鸡正是他家的，便朝王子敖追过来。

　　"狗盗太无良心，今日见了赃，才知是你老王。真可笑你身着儒裳，却做盗贼。"邻居又气又恨地指斥王子敖。

　　"罢了，今日被你识破了，这只鸡还给你。你是我邻居，便请我吃只鸡也不算什么。"王子敖悻悻地说。

　　"亏你还说这话。这种勾当不是你这样衣冠楚楚的人做的。"邻居惋惜地说。

　　"不是我做的，让谁作？"王子敖反而抢白邻居。

　　"偷鸡摸狗，不是君子正道。"邻居劝道，"你就忍心听邻居诟骂，你就不羞于穿这种峨冠博带衣饰？"

　　"好邻居，我如今改过。以前每天偷一只，以后每月偷一只，就是了。"王子敖嬉皮笑脸地说。老邻居无奈，只得抱鸡回家。

　　王子敖好不容易积攒了百两黄金，听说朝廷里大夫田戴好财贪得，便带了黄金，要找田戴通融，谋取一官半职。

　　王子敖来到齐国都城，多方打探，找到田戴家，跪见田戴，献上黄金，说："小人王子敖听说大夫广罗俊才，便准备了些许薄礼,这百两黄金就作为大夫饮茶之用。小人愿投奔大夫门下。"

田戴眉开眼笑,看看金子,又看看王子敖,说道:"你言词出世,意气超人。我自会向君王举荐你,让你为官。"

"多谢老恩师。"王子敖又磕了几个响头。

田戴扶起王子敖,相视而笑。

几天后,王子敖因田戴推荐,做了齐国大夫。

再说淳于髡同王子敖分别后,便直接前往都城。听说齐王喜欢隐语,爱好淫乐,不理朝政,百官失职,诸侯入侵齐国,却无人敢谏齐王。淳于髡便横下心,决定凭自己伶牙俐齿,凭自己精稽戏谑能力去劝谏齐王。

淳于髡直入宫廷,见了齐王,开口就说:"国中有大鸟,止于王庭,三年不飞又不鸣,大王,这是什么鸟?"

齐王决然而起,朗声说:"这鸟不飞则已,一飞冲天;不鸣则已,一鸣惊人。"随后召集齐国县令七十二人,杀一人,赏一人,又率兵直至边界,赶走了入侵的诸侯军队。诸侯震惊,把以前侵占的土地还给齐国。

齐王大喜,归功于淳于髡,任命他为主客(官职名称,负责举荐人才)。

淳于髡好不高兴:"俺淳于髡真是千里挑一的人俊,三言两语解人纷。谈言微中人情顺,多亏这三寸之舌。"

王子敖听说淳于髡被齐王重用，便以旧友身份前来贺喜。淳于髡出门相迎："早闻子敖升官，未及拜贺，今日子敖贵足踏贱地。"

"好说，好说。今日弟兄同升，小弟十分庆幸。"王子敖连连致歉。

说话间，淳于髡不免提起往事："你我兄弟荣升，只是齐人大哥尚无消息，如今不知他羁留在哪里？"

"淳于兄不必担忧，齐人老兄自会逢时趋世，何必拳拳在心？"王子敖劝道。

两人举杯痛饮，王子敖自回府中。

再说齐人有了一妻一妾之后，仍乞食市中，杖藜郊外，放荡不羁。姜氏长女和姜氏次女不知齐人底细，每日只见齐人醉醺醺回家，反而觉得自己有依靠。齐人愈加放纵，神情豪迈。

只是时间一长，姜氏二人不觉心生猜疑。姜氏长女说："妹妹，咱们丈夫每天醉饱而归，风情荡漾，咱们姐妹禁受不起他的浪子风情。只是他每日醉饱，不知他在哪儿吃喝？等他回来，你我问他个仔细。倘有势交贵友，也是你我做妻做妾的荣耀。"

"等他回来，问他便是了。"姜氏次女说。

姜氏二女正说着话，齐人光着头披着衣，一步三摇地走进屋。

姜氏次女迎上前，道："郎君回来了。"

齐人搂住姜氏次女，一边说"我爱你娇小身材"，一边伸手就解她罗裙带。姜氏次女推开他。

姜氏长女过来，讽笑齐人："你又醉了？"

齐人一把搂过姜氏长女，就摸她怀中，姜氏长女躲开，又问："你从何处来？为何光着头不戴头巾，为何如此疯疯癫癫？"

"我一表人才，交游的都是富贵人家。相好的都是冠盖人物，邀我饮宴的都是豪迈人士。"齐人歪歪斜斜，醉眼蒙眬地说。

"你言语错舛，未必有什么知交，也未必有什么人邀你饮食。"姜氏次女指斥齐人。

齐人让姜氏二女抱他上床榻："贤友见我风云未遂，困居尘埃，请我饮食，这不为怪。吃他龙肝凤髓，嚼坏我舌苔牙龈。我睡了。"

姜氏二女见问不出所以，叹息不已。姜氏长女对姜氏次女说："他既不肯说明人名，定是欺瞒我们姊妹。他把我们当婴孩，他说他所交的都是达官显贵，为什么从来不见高车驷马来我家？"

"姐姐，到时随在郎君之后，识破他平生态，让他无法遮掩底细。"姜氏次女说。

次日天亮，姜氏长女梳洗完毕，换上粗衣，腰系丝裙，

手持一把小扇以便遮脸,吩咐妹妹看家,自己尾随在齐人后面,走出家门。

齐人东游西荡,见人们往东郭去秋祭,便也往东郭去。姜氏长女远远地跟着他。

田戴因祖坟在东郭外,便带了仆从,也到东郭坟场。

王子敖因田戴推荐,做了大夫,故带着仆从,也到东郭坟场祭祖。

田戴、王子敖在坟场相遇。王子敖忙向田戴施礼:"拜见老恩师。"

"贤契,你也来祭祖吗?"田戴问。

"正是。"王子敖说。

田、王二家摆下祭品,烧上香烛,燃起纸钱,并吹动乐器。

齐人早已扮作乞丐,远远地在坟场外观看田戴、王子敖祭祖。姜氏长女以扇遮面,站在齐人不远处,观看他的形态,止不住自怨自艾:"我姐妹二人,嫁的竟是这样一个人,命苦啊。"

坟场内,田戴、王子敖各自祭祖完毕,王子敖对田戴说:"老恩师,我们就此共享福物,猜拳行令。"

田戴听从此言,便与王子敖猜枚行酒。

齐人慢慢地凑过去,肚中正饥,便向王子敖、田戴请求:"老大人,赐些酒肉让我充饥。可怜可怜我吧。"

田戴的仆人恶狠狠地说:"叫花子,我们还未受用,你就敢来讨吃的!快滚!"

齐人继续哀求:"老大人,我饿急了,快赐些酒肉给我充饥。你们受用华奢,也把我这孤寒之人提挈,才显出你们富贵超逸。愿大人锦上又添花。"

田戴禁不住齐人三哀四求,吩咐下人赏些酒肉给齐人。仆人便递给齐人三块鹅肉和两盅酒。齐人接过酒肉,几口就把鹅肉吞下肚去,两口就喝光了两盅酒。

姜氏长女在远处看着齐人乞食丑相和吃食丑态,禁不住后悔不迭:"亏他几口就吃下去!腌臜龌龊的东西,他就敢张嘴就吃。这丑相恶态,让我恶心。想着他以前跟我亲热,真羞死我了。我竟成了乞丐妻。"她仍旧站在远处看着齐人举动。

齐人又朝王子敖哀求:"这位老大人,你也赐我些酒肉。"

"你也该够了。"王子敖不屑地说,他并没有认出齐人,齐人也没认出王子敖。

齐人仍站着不动,向王子敖作揖:"我还未饱,求你赏些酒肉。"

王子敖不耐烦了,挥挥手,叫仆人给齐人酒肉。仆人递给齐人半碗鸡骨头和一瓶老酒。

齐人啃完鸡骨头,喝完老酒,酒力上涌。面红耳赤,舌头发硬，撒起酒疯，胡说八道起来："领了那老大人半截鹅，受了这位老先生一碟鸡，不是我做男儿的图口食，只当你做高官的会交接，为什么要把你们的酒肉赊，正是我享受子孙供奉的时节，你们暂且把我当作祖与爹，你们且把我当作祖与爹。"

众仆人见齐人醉醺醺地胡言乱语，便把他横拖竖扯，要推出坟场。

齐人嘴里还喊着："那盘里还有许多剩下的，都给我吧。"喊声把田戴、王子敖激恼了。田戴怒喝："真真可恶！推他走开。"

众仆人把齐人推倒在地，打了一顿。齐人负痛逃窜，拣得一根木棒，就要打众仆人。众仆人排开阵势，齐声喝道："快快滚开。"

"这青山绿水都是你们两家的吗？"齐人舞棒，吓退众仆人。

姜氏长女从远处看到齐人被众仆人推打，好生心疼，又好生气愤："我在家中将他爱，碰也不曾碰他，郎君你也真窝囊，一任仆人推来推去，要是有个三长两短，我姐妹又去依靠谁？"

姜氏长女不忍心再看下去，偷偷地先回家了。

坟场边，齐人终于被众仆人赶走。

田戴、王子敖被齐人搅和了一场，率领家童仆人回去……

姜氏长女从旧路回到家中,把所见告诉妹妹:"妹子,我们上当了。齐人并无半个友人,更没有一个达官贵人与他相知。今天他手持破瓢烂箪(古代盛饭用的圆形竹器),走到东郭坟场,向人乞讨余物。我们姐妹是乞丐妻。"

"啊,原来如此。"姜氏次女惊讶,"没想到我们郎君竟是如此不长进的人,我们怎么依靠他呀?"

姐妹二人相对哭泣。

齐人更换衣服,衣冠楚楚地进屋,边打酒嗝,边说话:"二位姐姐在哪里?"没听见应答声,却听见哭泣声,齐人好生奇怪,问妻妾:"你们为什么不笑脸相迎?为什么皱眉哭泣?莫非你们姐妹闹斗气?且让我来分解。"

姜氏姐妹反问:"去了一天,你从哪儿来?"

"我从显宦人家来,还要从哪里来?二位姐姐,今天好不丰盛的筵席!"齐人要在妻妾面前逞逞威风,抖抖身价。

"筵席摆在哪里?"姜氏姐妹问。

"摆在他家呀,还会摆在哪里?"齐人说。

"只怕是筵席摆在城外坟场吧!"姜氏姐妹讥讽道。

齐人闻言吃惊,只得假装酒醉,边打酒嗝,边对姜氏姐妹说:"我醉,我饱,快扶我上床睡觉吧。真真好酒席,水陆珍馐全。"

"真可悲,你全不识'羞耻'二字。坟间余食吃个饱,归家欺骗妻妾。你不识羞，我知耻，真恨地上无缝可钻。"姜氏长女说。

齐人见假装酒醉已无用，转而大笑："原来你们已识破我真面目！你们姐妹也不用啼哭，这只不过是我玩世心态。你们只是妇人女子，怎知大丈夫行事？"

姜氏姐妹流泪说："好个大丈夫行事，你只会站在坟边乞讨人家祭物。"

"你们难道就料定我齐人永久贫贱？你们不识我玩世心，你们只是红粉女流，懂什么道理！我自能发迹。"齐人不屑地撇撇嘴角，嘲讽姜氏姐妹，倒头睡去。

再说田戴回到家中，把在坟场中遇见的事禀告了母亲。他弟弟陈仲子听了，倒认为齐人是个奇人，便要去拜会齐人。原来，陈仲子鄙弃他家兄田戴所作所为，隐居于於陵，不食兄禄。

陈仲子一路寻觅，终于找到了齐人家。陈仲子早已盘算好："齐人襟度不凡，不似家兄那样贪财好得、为人残忍，正该劝说他。但到他家，用言语说动他，他如肯回头，正好与我一同隐居於陵。"

陈仲子敲门时，里面齐人正同姜氏姐妹斗嘴。

齐人说："姐姐不知，昨日我在坟中遇见的那个官员恰似旧日兄弟王子敖，他怎么混到这地步？"

姜氏长女说："你不要高攀贵人了，如你们是兄弟，他能让你站在坟边？"

齐人听见敲门声，开门迎接陈仲子，问："先生有何指教？"

"你别急，且听我说。听家兄说及东郭坟场之事，特来相访。热心肠应把尘埃笑，盼你与我同隐溪山，远离浊世。"陈仲子说明来意。

齐人听了哑然大笑："多承厚意，等我为妻子荣光后，再躐迹清人。"接着，齐人问陈仲子："我听人说，昨日与令兄在东郭坟场祭祖的另一位官员是王子敖，果真是王子敖吗？"

"正是他。"陈仲子肯定地说。

齐人勃然变色，愤愤地说："他是我挚友，刚得富贵，就不认我了。"

"如今世态就是如此。官情纸薄，翻云覆雨是常套。有几个白首相知，有几个患难之交？"陈仲子看透人情世故，又为齐人寻找进身途径，想一想，然后说，"我听人说，齐王如今宠爱淳于髡，令淳于髡担任主客一职。他专荐贤能，不索钱财。你如要做官，可走此人后门。"

"多谢先生提醒，原来淳于髡也发迹了。当日几个难兄难弟如今只剩我齐人贫贱了。"齐人连声叹。

陈仲子见齐人与己话不投机，便告辞出门。

齐人见陈仲子离去，便对姜氏姐妹说："陈先生所说的

淳于髡是我挚友,他不像王子敖那样势利眼,如今我略备些礼物去拜会他,也图个一官半职。"

姜氏姐妹同意齐人的建议,并拿出妆奁中的银两,交给齐人。

齐人来到国都,求见淳于髡,淳于髡却往赵国求救兵去了。齐人只得等待。原来,淳于髡官拜主客后,楚国侵犯齐国,齐王派淳于髡持黄金、白璧等物到赵国求救。

齐人好不容易等到淳于髡请兵回齐,特地到淳于髡宅门求见。淳于髡盛情迎接。

"齐兄,久违了,为何一贫如洗?"

"淳于兄,自从别后,侥幸娶了一妻一妾。去年听说淳于兄被齐王重用,便来相投。如今资用都已花光,只得空手来见,实为厚颜至极。"

"王子敖已得高官,齐兄正该去拜会他。"

"再休提到王子敖了,他折磨我太狠了。"

"既然如此,齐兄就暂住我家,待方便时节,我再向齐王举荐你。"

当下齐人就住在淳于髡府中。

数天后,淳于髡推荐齐人出任齐国大夫官职。

齐人向淳于髡致谢,写信托人捎给妻妾。

这边王子敖深受齐王重用,升任右师。王子敖独掌权柄,富贵无比,同朝的官员争相趋奉他,时时去拜谒他。

这一天，盖大夫田戴、中大夫景丑、下大夫陈贾结伴同行，齐访王子敖。

王子敖降阶相迎，田戴谦谢，要让王子敖走在前边。王子敖要请田戴走在前边："恩师请先。"

"今日右师尊贵，朝廷序爵，区区师生情分不必提它了。"田戴逊让。

王子敖走在前面，景丑、陈贾随在田戴后。

王子敖设宴招待数位大夫，把酒相劝："我王子敖是个市井凡才，穿窬鄙夫，怎劳诸位屈驾来到？自惭任要职。且放纵，莫拘束，高歌畅饮是我辈本分。"劝酒之间，王子敖见陈贾明眸皓齿、肌肤滑腻，便开口嘲戏他："陈郎少年，美如冠玉，如作妇人，不知该得多少人怜爱。"

陈贾本是个势利小人，正想巴结王子敖。一听王子敖说完，便意识到这是一个阿谀奉承、溜须拍马的时机，便满脸堆笑，向王子敖说："既然右师过爱，晚生便改作红妆，佐右师喝酒。"随即脱下冠带，穿上妇女服饰，扭扭捏捏地向王子敖劝酒。

王子敖拍手称赞："妙人，妙人！你怎么就知道我王子敖喜好南风！"

陈贾接连举杯，劝王子敖和田戴饮酒："我陈贾正值青年，何妨着巾帼罗襦？搽脂抹粉如妖狐，不弱于龙阳和子都。无阳气，不丈夫，朝中多少官员尽如奴。"

田戴在一旁打趣，指着陈贾对王子敖说："子敖，就将陈卿作如夫人怎样？"

王子敖微笑不语。

景丑见陈贾邀宠，便吃醋起来，向众人说道："我与陈兄同来拜谒右师，陈兄得宠，我却被冷落了，难道他会扮妇女，我就不会扮么？"

田戴指着景丑脸上的胡须："女人怎么会有胡子？"

景丑便拔去脸上胡须，扮作女人，向众人劝酒，自我解嘲地说："名节扫，廉耻无，一班儿妾妇笑谁呢？当今时代，男人多作女人态，邀宠争媚。"

众人尽欢而散。

陈贾、景丑用扇遮脸，如女人一步三摇地自回府中。

齐人看中了国都中的一个大寺院，王子敖率人来抢。齐人仆从与王子敖仆从打个不可开交，齐人同王子敖结下私仇。

听说燕国国君让位给大臣子之，齐王让众大臣商量派谁去讨伐燕国。王子敖想要借此机会陷害齐人，便向齐王举荐齐人统兵讨伐燕国。

田戴劝王子敖不要如此："一个乞丐怎能做将军？万一失败，岂不损了国威。"

"恩师，你也太认真了，损损国威又有什么妨碍，又不损你的声威。我只是要借此机会断送他，望恩师成全。"王子敖恳求田戴。

田戴答应。

淳于髡来见王子敖，问及遣将伐燕一事。王子敖要举荐齐人。淳于髡不肯，反而责问王子敖："齐人兄只是文士，并非将才。况且你王子敖也是他贫贱之交，为什么要置他于死地呢？"

"这是兵法上所谓'置之死地而后生，置之亡地而后存'，况且我为国择将，哪能顾及私情！"王子敖掩饰道。

田戴在旁边插话，恭维王子敖："右师所谓兵法，正酷似淳于老先生口吻。"

"田大夫，我淳于髡小事滑稽而大事不滑稽。我将举荐章子为将。"淳于髡离去。

齐王命章子统兵二十万伐燕，又令齐人统兵十万助章子进讨。

齐人把妻妾和幼子托付给淳于髡，自己率兵进发。

齐人巧使计谋，大败燕军，数月后回见齐王。齐王大喜，加齐人为亚卿之职。

淳于髡向齐人贺喜："齐兄真有福。"

"淳于兄，子敖荐我伐燕，想借燕兵之手杀死我，以报私仇。谁想我齐人伐燕，竟大胜燕军！"齐人对王子敖耿耿于怀。

仆人进屋，向齐人禀知："门外王爷、田爷来拜。"

齐人、淳于髡出门相迎。齐人向王子敖施礼:"尚未拜谢右师,何劳右师屈驾降临?"

王子敖故作惊讶,掩饰不安:"我有何功德,敢劳齐兄拜谢?"

"伐燕成功,全赖右师一力举荐。"齐人反话正说,讽刺王子敖公报私仇。

王子敖大笑,掩饰羞愧:"岂敢,岂敢。"

田戴在旁打圆场:"君子不念旧恶,还望老先生宽宥。"

齐人笑笑:"田老先生,我齐人怎会只记旧恶呢!今日故人依旧,我心实喜。"

王子敖忙向齐人作揖:"齐兄真好大肚量。我王子敖过去多有得罪齐兄处,请饶恕。"

淳于髡笑一笑,挤兑王子敖:"他若再到东郭坟场,你将尊他为首席了吧?"

众人大笑,王子敖满脸绯红。齐人、淳于髡、王子敖又结为朋友,横行齐国朝廷。

齐人又派人到临淄接取姜氏姐妹,扩建旧宅。

齐人与姜氏姐妹前往东郊祭祖,鲜车盛服,要洗前耻。面对先人坟茔,齐人感慨万端:"昔日是穷乞丐,今朝是贵老爷。想当日,被人欺侮被人嘲。到如今,众人见我便现出奴颜媚态。正是时也,命也,运也,一生竟受许多折磨。"

菊花送香,衰草丛遮,日暮天暗,浮云四飘。

齐人见到如此景物，想到自身遭遇，禁不住对姜氏姐妹说："两位夫人，我想这富贵功名只是草上露珠，过眼烟云。我起自穷困，如今身居高位，历尽了人间坎坷不平，只想清闲自在。"

姜氏长女劝齐人："如今世情如薄纸，既然好不容易才做官，为什么要抛弃富贵？"

齐人道："你看如今朝廷众官，有几个公忠清节？陈贾等人谄媚奸邪，景丑等人平平庸庸，田戴等人贪财好得。有几个忠言直谏为国为民？都只为名和利，投机取巧罢了。我齐人早羡慕陈仲子，只有他处尘世甘心守清节。"

数日后，齐人抛下妻妾和田屋，只身隐居山林，追随陈仲子。

齐国依旧，贪官昏官依旧。

陈妙常情系玉簪

——《玉簪记》

宋朝徽宗统治时代,河南和州一户人家。曾任府尹的潘夙已解职归田,年近桑榆晚景,其妻吴氏也双鬓斑白,老两口有一个儿子潘必正。

这一天,潘夙闻知朝廷要选拔贤才,便与吴氏商量:"夫人,我每每挂虑孩儿功名之事,又常担心他家室之计。我仔细想来,曾在任职开封府尹时,与陈家有约,指腹为婚,他生了女儿,我得了儿子,以玉簪鸳坠为聘物。如今转眼已过十六年,不知陈家近况如何?"吴氏说:"几年前陈旺曾来我家问候消息,我家无人回访他家。"潘夙叹口气,说:"夫人,如今春选征贤,且不提婚姻之事,打发孩儿赴京应试才是。""相公说得是。"

潘夙夫妻二人叫出儿子潘必正。潘夙教导儿子:"孩儿,你虽经乡试,还未经会试。如今朝廷会试,你可早到京都,夺取功名。到那时再替你迎娶一门好亲。"潘必正道:"爹爹在上，论功名之事，自当遵从严命。至于婚姻成不成，不必挂虑，大丈夫何患无妻？"

潘必正拜辞父母，带着仆人进安，上京应试。

潭州陈家，陈老先生已死。陈夫人钱氏和女儿陈娇莲相依为命，院公陈旺照顾内外。

一日，院公来报："夫人，金兵杀来了，快逃命吧！"

钱氏与陈娇莲抱头痛哭："雪上加霜，我母女孤单，该逃往何方？"

院公催促道："夫人，小姐，别嗟叹了。快逃吧，逃往南方。"

钱氏和陈娇莲随逃难的人们，逃往南方。

金兵大队冲来，将钱氏和陈娇莲冲散。兵荒马乱之中，众人各自逃命。陈旺扶着钱氏。

钱氏高叫："娇莲，娇莲！"无人答应。

钱氏定了定神，想道："如今遭兵乱，与女儿失散，无处栖身，何不就此同着陈旺去投奔潘亲家。"便对陈旺说："陈旺，你扶我去投奔潘家。"

钱氏就此投奔到了和州潘凤家。

陈娇莲因遭兵乱，母女又被金兵冲散，四处寻找母亲，却没寻到，只得向深山老林躲去。

陈娇莲随逃难者逃到金陵附近，又与众人失散，只得独自一人前行。天色已晚，陈娇莲见前边露出一所宅院，便向前敲门。

门"吱呀"一声开了,一个女人探头问:"你是不是来投宿的?我想留你在家住,只是我丈夫、儿子都在家,你住下来不方便。你如今孤身无依,又劳累疲倦,我不忍心让你失望。前边有一座女贞观,观中尽是尼姑。我带你去庵里借宿一晚,你意下如何?"

"若能如此,您便是我再生父母。大娘如何称呼?"

"我是张二娘。"

张二娘带着陈娇莲来到女贞观。张二娘敲门,问:"有人吗?"

潘观主来开门,见是张二娘,便问:"张二娘,这位娘子从哪儿来?"

"她是宦家子女,因遭兵火,母女失散,迷失路途。偶然来我家投宿,我家不便留宿,特引她来投师。"张二娘解释道。

陈娇莲此时心灰意冷,恳求潘观主:"我愿拜你为师,做你的弟子。"

"做我弟子并不难,只是空门滋味难尝,馒头、咸菜太清淡。"潘观主说。

"师父在上,我情愿皈依。"陈娇莲说,"我愿受五戒三皈。"

"你先拜了三宝,后拜我。"潘观主说,"我再问你,家

住哪里？姓甚名谁？"

"我姓陈，小字娇莲，潭州人，今年十六岁，还未曾嫁人。"陈娇莲回答。

"既然如此，我替你取个法名，就叫妙常。"潘观主边说边替她剪发。

陈娇莲改名妙常，与张二娘结拜为姐妹。陈妙常对张二娘说："多谢你帮助，恩德无量。"张二娘劝陈妙常："你且潇洒，暂向空门度年华。"

金陵知府张于湖赴任之前，担心金陵城中炎热，派仆人王安在城外寻找僧房道观，洗澡冲凉。张于湖吩咐王安："你休要说出我是官员，只说我是相公，免得发生意外。"

王安在金陵城外四周寻找，找了几个地方，都不满意，最后找到女贞观。他见女贞观是敕建的，且环境清幽，便满心欢喜，来敲观门："有人吗？"

"客官，有什么事？"观里的香公问。

"老人家，有位河南相公游学到此，想借贵观乘凉洗澡，安歇几天，自有酬礼。"王安道。

"既是远来的相公，等我去通报观主，"香公说完，转身入内，禀报潘观主："有位河南相公借问闲房，安歇几天，不知观主应不应允？"

"我们出家人以慈悲为怀，方便为门，就借空房给他。"潘观主吩咐香公。

香公把观主话传给王安。

王安去请张于湖来女贞观。

张于湖和王安来到女贞观,与潘观主相见。张于湖见观主风韵犹存,私下对王安说:"王安,这观主半老佳人,风韵犹存,好似雨后樱桃、隔年老酒,真有味。"

潘观主让陈妙常上茶。陈妙常从屏风后面走出。敛衽见张于湖,并问观主:"这位相公从哪里来?"观主说:"这位是河南王相公。"

陈妙常献茶完毕,又被人叫出,接待悟真庵女尼。

张于湖见陈妙常姿色非凡,便对观主说:"刚才那个姑姑莫不是神仙?她高姓法名?青春多少?"潘观主答道:"她不是神仙,是我徒弟。她叫陈妙常,正青春年少。"

潘观主入内休息,张于湖就借住观内。

陈妙常正芳龄,苦守清规,无事时便与众尼姑聚会,讲论经书。

众尼姑请出潘观主,潘观主大讲《法华经》。众尼姑听得昏昏欲睡。陈妙常禁不住心猿意马,心中暗想:"芳心冰洁,翠钿尘锁。暗想分中恩爱,月下姻缘,不曾了却相思债。孤身守青灯,如秋叶飘落,似扁舟逐流,无缘老去,苦度光阴该如何?"

潘观主入内打坐。众尼姑肆意调侃,一尼姑说:"尼姑尼姑,原有丈夫;只要趁些钱财,来戴这顶毗卢。"另一尼姑道："明月斜挂松梢，真个可爱。只少四个丈夫，同赏新篁池阁。"夜已深，众尼姑各自歇息。

陈妙常回到西房，对月弹琴，玉指生凉，琴音凄楚，如泣如诉。

张于湖月下闲吟，忽听琴声，感叹再三："如此绝色佳人，如此优雅琴曲，只可惜她投入空门。"便题诗于粉墙：

>一曲霓裳香雾薄，夜深偷向月中看。
>分明人坐天香窟，何事空门虚合欢。

张于湖回房，整整想了一夜。

次日，张于湖往西房探访陈妙常。

"仙姑，我给你稽首。"

"有失迎接，相公不要见怪。"

"仙姑，你昨夜：瑶琴一曲邀残月，松梢露滴声悲切。归去洞房更漏永，巫山有梦和谁说？"

"相公，我呀，意絮沾泥心炼铁，从来不爱闲风月。莫把杨枝作柳枝，多情还向章台折。"

"小生戏言，仙姑不必介意。"

张于湖受挫，见陈妙常手持一扇，便又无事找事地说："仙姑手中佳扇，为何无人题写？"

"想求阁下题写。"陈妙常把扇递给张于湖。

张于湖在扇上写道:

> 碧玉簪冠金缕衣,玉如肌。
> 从今休去说西施,怎如伊。
> 香腻桃腮不敷粉,最偏宜。
> 好对眉儿共眼儿,觑人痴。

陈妙常见词写得太狂,便说:"我也有词一首,回敬你。"随口便吟道:

> 清静堂中不卷帘,景幽然。
> 闲花野草漫连天,莫狂言。
> 独坐洞房谁是伴?一炉烟。
> 闲来窗下理琴弦,小神仙。

张于湖连连道歉:"仙姑,望你宽恕我少年风流才性。"

"好好收拾你风流儿郎腔调,这种没担儿相思你去别处挑。"陈妙常说完,要关房门。

"小生就此告辞,再不敢烦扰仙姑。"张于湖灰溜溜地走出房门,门"啪"地关上了。

张于湖回到住房,收拾行装,带着王安前往任所。

潘必正到了京城，名落孙山，羞愧难当，无颜回家，索性到西湖游览。

一天，潘必正在客店猛然想起一件事，胸中顿时豁然开朗，计上心来，自言自语道："久居西湖，不是长久之计。我有一个姑妈，她幼年在金陵女贞观出家。我如今就去投她，寄迹半年，到时再作打算。"想到这些，便收拾了行李，带着进安，一路直奔金陵女贞观。

潘观主一见潘必正，猛吃一惊，疑自己做梦，揉揉老眼，又仔细一瞧，果然是自己侄儿，便说："是必正侄儿呀，你为什么来这里？"

"姑妈，侄儿有话难说。困龙失水难归去，因此远投姑姑。"潘必正心中万千言语奔涌，却说不出来。

"侄儿，你且坐下，不要着急。"潘观主说道。

"进安磕头，拜见姑太太。"进安向潘观主磕头。

这里潘观主好言劝慰潘必正和进安。

陈妙常在房里听见观堂前众人忽悲忽喜的说话声，心上猜疑："为什么观堂人声鼎沸？为什么小小女贞观总是人来人往？"她便走出房，来观堂察看究竟。一见潘观主满脸泪痕，又见两个陌生男子在堂，便问潘观主："这位相公从哪儿来？"

"他是我侄儿，因下第羞归，远投我观。多年不见，一时凄凉。侄儿，你就把你下第的情况一一说来，这位姑娘也是落难才剃发的。"潘观主拭去脸上泪痕。

"我蒙父命，赴京应试。两场已过，第三场时，我得急病，无法考试，终于下第。只因赴试前，夸下海口，无颜回去见父母。想在姑姑处寄居半年，温习诗书。"潘必正边说，边流泪。

"侄儿，不要流泪，我这里清闲，正可以温习诗书，有竹堪留客，无鱼可当餐，你必须忍耐。"潘观主安慰潘必正。陈妙常听完潘必正一番话，心有所感，也劝慰他："相公，我看你眼眸含电，气吞霜剑。有朝一日你定能困龙出泥淖，决非久居下流之人。"

潘必正止住泪水，朝潘观主、陈妙常点点头。陈妙常自回西房休息。

潘观主说："侄儿，你就在此住下，等下科开考，你再去应试。"

"多谢姑妈盛情。"潘必正感激地说。

潘观主当下就把潘必正安排在观中东首碧云楼，远离陈妙常所住的西房。

数日后，潘必正乡思缕缕，却又不肯离开女贞观半步，心中只是想着前几天见过的陈妙常，读书声被长吁短叹声取代。

香公来到碧云楼："潘相公，稽首。"

"香公来，有什么事？"潘必正忙问。

"陈师父煮茗焚香，请相公去清谈片刻，望不要见拒。"

"那敢情好，我和你同去。"

香公、潘必正来到西房，香公叫道："陈师父，潘相公请到了。"

陈妙常出帘相迎，将二人让进房内。

"相公，稽首。自从相公到这庵中，小尼我未及从容招待相公。今天特地煮茶，请相公品尝。"

"多谢了。"

陈妙常徒弟道宁、道成捧茶来到，道宁沏上茶，随即退下，道成仍旧服侍。

饮茶之间，道成对潘必正说："相公，前些日子，有一位王相公比你稍老些，来同我师父闲聊。他想调戏我师父，被我师父啐走了。相公，你休要重蹈覆辙。你想惹我倒没什么，我乐意奉承。"

陈妙常喝道："休要胡说，快进去！"道成低头退下。陈妙常指着屋四周，对潘必正说："我这里芳院静，满地松荫不染尘，蝉声叶底频频鸣，一树紫薇满红晕。"

"仙姑是自幼出家，还是长大后才出家？"

"我遭丧乱，别家离乡，幼年寄身空门。"

两人越说越起劲儿，香公来叫潘必正去见潘观主。

"家姑呼唤，就此告别，打扰了。"潘必正恋恋不舍地说。

"只是怠慢了相公。"

陈妙常将潘必正送出房外,返身入内。

陈妙常连日因俗事萦身,没弹琴。此时见月明风静,庭闲院宁,突发雅兴:"我为何不在明月清风下,弹奏《潇湘水云》一曲,寄托我一腔幽情。"就借着月光,理好琴弦,轻轻捻弄起来。琴声凄凄楚楚,仿佛湘妃哭泣,宛如湘江哀鸣。琴声悠悠,传出院外,飞出女贞观,如轻烟柳絮散逝天宇。

潘必正因背井离乡,孤衾独枕,辗转难眠,披衣起床,到白云楼下闲步。正在闲步时,他听到了渺渺茫茫、如泣如诉的琴声,便停住脚步,侧耳细听,发觉琴声是从陈妙常房中飞出的,便快步来到西房,仔细听琴。

潘必正从窗棂往里一瞧,只见陈妙常头戴一顶碧玉霞冠,身穿一件白罗鹤氅,十指纤细,仿佛嫩笋。那一串串音符,那醉人的旋律,就在十指与琴弦的碰撞中轻轻流出,如行云流水,绝无断续之痕。潘必正看呆了,听醉了,止不住脱口称赞:"仙姑弹得好琴。"

"你为什么到这来?惊出我一身冷汗。"陈妙常不高兴地说。

"我得罪了,请不要见责。"潘必正见打扰了陈妙常弹琴,急忙道歉,"我孤枕不眠,月下散步,忽听花下琴声嘹呖,清响幽声,不知不觉来到这里。"

"我也因月明如洗,空气清新,调琴理弦,弹曲寄情。相公,我向你请教一曲,怎么样?"陈妙常兴致有变。

"我岂敢班门弄斧,仙姑休要取笑。"潘必正口不应心,嘴上说不敢,脚已走到琴边。一边弹,一边唱:

> 雉朝雏兮清霜,惨孤飞兮无双。
> 念寡阴兮少阳,怨鳏居兮彷徨。

陈妙常道:"这是《雉朝飞》。你正当少年,为什么要弹这无妻之曲呢?"

"因为我并没有妻子。"潘必正说。

"这也不干我事。"

"仙姑,求你再弹一曲。"

陈妙常理理琴弦,清清嗓,一边弹琴,一边唱曲:

> 烟淡淡兮轻云,香霭霭兮桂阴。
> 喜长宵兮孤冷,抱玉兔兮自温。

潘必正听出琴音曲调,说:"这是《广寒游》,正是仙姑该弹的曲子。每天孤单冷清,确实难以消遣闷怀。"

"春来花落,我云掩柴门,枕上听钟声,座中焚柏子。我冰清玉润,长长短短,有谁评论?怕谁评论!"陈妙常强自分辩。

"更深漏长,独坐有谁怜?你用琴声诉怨心。露冷霜凝,衾枕有谁替你温?"潘必正步步追逼,字字直刺陈妙常心魂。

陈妙常被说中心中隐痛,假装发怒来掩饰真情,说:"先生说话太粗狂,屡屡讥讽。我去告诉你姑姑,看你如何辩解?"

潘必正向陈妙常跪下,恳求说:"我信口胡说,言语出格,请仙姑原谅。"

"起来,别这样。"陈妙常双手扶起潘必正,觉得自己脸上滚烫。

潘必正向陈妙常作一揖,拱手说:"我就此告辞了。"急急忙忙出房而去。

"潘相公,花荫深处,你要仔细走路。"陈妙常急忙走到屋门口,朝潘必正说。

潘必正急忙转身,说:"借一盏灯,怎样?"

陈妙常忙把门关上,轻声喘息。

潘必正远去,回到碧云楼,回味无穷。

陈妙常芳心已动,在房中自叹:"潘相公风流才性,一天总笑脸相问。我心下明白,只得假狠。相见时羞惭,别离时挂心。"夜深人静,陈妙常抱琴而睡。

陈妙常辗转难眠,一边流泪,一边思虑:"我苦守清规已经数年,只是尘心未尽,俗念顿生。对景添愁,见人动

情。为什么不把心事写成一词，消遣愁闷。"她便提笔作词一首：

> 松舍清灯闪闪，云堂钟鼓沉沉。
> 黄昏独自展孤衾，欲睡先愁不稳。
> 一念静中思动，遍身欲火难禁。
> 强将津唾咽凡心，争奈凡心转盛。
> 又值晚秋天气，西风吹碧树，菊花飘香。

白云楼上，陈妙常倚栏眺望四周景物，感伤满怀，转身入内，独卧绣榻。

潘必正自那一日被陈妙常抢白一顿，好几天不敢到白云楼。今天潘必正无事，随意散步，不知不觉间来到白云楼，见陈妙常卧房门未关，便闪身入内，却见陈妙常独睡绣榻上，于是轻手蹑脚走到几案前，顺手翻阅案上书籍。

潘必正翻着翻着，突然从书中掉下一张纸，原来是陈妙常所作的一首词。潘必正见她词中有"一念静中思动，遍身欲火难禁"，便暗自庆幸："细观这词，陈仙姑芳心毕露了，莫不是天就姻缘，让我侥幸观这首词。我已得这首词，且揭帐戏她，看她怎样对待我。"想到这里，他便走到床榻前，揭起帐子，扶住陈妙常，轻声呼唤："陈仙姑，陈仙姑。"

陈妙常惊醒，猛地坐起，问："谁扶我？"

"是我扶你。"潘必正搂住陈妙常。

"你是个书生,好一个书生!休把尼姑当作神女。"陈妙常又气又怒,一边挣扎,一边呵斥。

"文君幸见相如,两下情同鱼水。"

"潘相公,你太无礼,闯入房中,将我调戏,我告诉你姑妈。"

"说我什么?我孤衾独抱,未睡先愁不寐。我又不曾'一念静中思动,遍身欲火难禁'。"

陈妙常见他说出她词中的话,心下疑惑:"他涎皮赖脸,言词蹊跷,好生让我猜疑。"便起身寻找自己所作的词。

潘必正见她着急,便从怀中找出她的词,说:"我拾得这首词。你想要吗?"

"好好地还我的词。如不还我,我就说你是贼。"陈妙常伸手要抢回词。

潘必正道:"偷书不算贼。"

"一首词,两人缘,三生谜。我只担心你忘情,抛弃我,让我憔悴。"陈妙常早已喜欢潘必正,如今索性把心中话全掏出来,一股脑儿向潘必正倾诉。

潘必正跪在地上,对天发誓:"妙常,你求我不要忘情。老天在上,我潘必正如辜负了妙常,天诛地灭。"

两人情浓,当下就颠鸾倒凤,了却了相思债。

从此之后,潘必正、陈妙常在一起歇息,弹琴吟诗。

一天，潘必正打算去白云楼找陈妙常，漫步山亭，忽听潘观主叫："必正侄儿在哪里？"

潘必正连忙赶到潘观主面前，深深作了一揖。潘观主问："你不读书，却往哪里去？"

"侄儿在亭子上乘凉。"潘必正忙答。

"为什么这样慌张？"

"因为有失问候姑妈，才心慌意乱。"

潘观主见侄儿神色异常，想再追问下去，而潘必正却不再说话，只得自去打坐。

潘必正见姑妈潘观主走远，便匆匆忙忙去见陈妙常。

潘观主自从那天见了潘必正神色慌张，便常去碧云楼看潘必正，每每扑空，潘必正老是不在，不免又生怀疑："侄儿与陈妙常正青春年少，意气相投，经常在月下星前东遮西掩，藏头露尾。看他们鬼鬼祟祟神态，不由得我不心生怀疑。倘若事情败露，败坏山门，有辱清白，这如何是好？我一个老尼，怎能防范他们许多。当今之计，逼侄儿赴试，断绝他俩往来。"

潘观主唤潘必正进房，开口就说："侄儿，你来此时间已不短了。我想你父亲只有你，他指望你功成名就。如今期届春试，你正好收拾书箱，前往临安赴试，休留恋此地。"

"试期还早，到明年春天再去也不为晚。侄儿只想住在这里。"潘必正恳求潘观主。

"侄儿,我并不是害怕你打扰我,我与你父亲是同胞兄妹,你如今落魄,我将来怎么去见你双亲?你如自甘人下,又有什么面目去见你双亲?"潘观主假作关切情态,眼中流泪,劝说潘必正。

"谨依姑妈严命。等我辞别各位姑姑,我就起身。"潘必正答应了潘观主。潘必正辞别各位尼姑,陈妙常私下流泪。

潘观主送潘必正、进安至江边。进安见已到关口,高声叫道:"艄公,雇船。艄公,雇船。"

艄公撑船来到,问:"相公要到哪里去?"

"我家相公上京赴试,雇你船往临安去。赏你一两银子作船钱。"进安说。

"就去,就去。"艄公答。

潘观主将潘必正主仆二人送上船,叮咛说:"就此开船,休要半途而回。我在阅江楼施主人家看你,明天才回观中。"

"谨依姑妈严命。"潘必正恭敬地说。

"明年春天考场得意,早报信给我。"潘观主说完,上岸而去,直到阅江楼上目送潘必正主仆二人。

潘必正主仆二人乘船顺流东下。

陈妙常急急忙忙赶到江边,却看到阅江楼上站着的一个女人恰似潘观主,暗自庆幸:"好在我预先看见她,如撞见她,岂不难堪。"她赶紧躲进人家的竹院里。

潘观主见潘必正主仆二人早已去远,便起身回观。

陈妙常见潘观主回观,从竹院里快步走出,来到停船处,高声叫:"艄公,雇船。"

"到哪里去?"艄公撑船来到。

"我要雇你船,赶着前面会试的相公,寄封家书到临安去。我有重酬相谢。"陈妙常急忙掏出银子。

艄公是个幽默的老头,见陈妙常一身尼姑装扮,便故意逗她:"仙姑,那相公是你什么人?你有多少银子谢我?"

"我有五钱银子相谢。"

"太少,我不去。"

"我有十钱银子相谢。"

"风大,去不得。"

"不要推辞,趁早开船赶上,宁可多送你些船钱。"

"仙姑,我逗你玩呢。上船,开船啰。"

船儿顺水顺风,朝下游急驰而去。

陈妙常站在船头,放眼望去,见潘必正的船就在前面,便高声叫:"潘相公,潘相公。"

艄公也在船上喊道:"会试的潘相公,会试的潘相公!"

潘必正在前船上听到叫唤声,忙从舱里走出,问:"是谁呀?"

"是我呀。"陈妙常高叫。

两人终于相见,陈妙常问:"你为什么急急忙忙就

走了?"

"一言难尽。我姑妈将我狠心斥责,狠心送我到江边,我无机会与你详说。"潘必正解释。

"临别时节,众人面前,有话难说,有情难诉。因此赶到江边送你。"

当下两人同乘一条船,进安服侍。

陈妙常从头上拔下一支玉簪,说:"我与你相别,以后自当离开空门,洗心等你,你不要忘记了我。我如今把这支碧玉簪送给你,请你笑纳。"

"多谢多谢。我把这一枚白玉鸳鸯坠送给你,作为今后相见凭证。"潘必正从脖子上摘下一枚鸳鸯坠,递给陈妙常,又接着说,"我和你同到临安如何?"

"我怎么不想,只是担心人家闲言是非,反害了我们以后大事。就此相别,泪眼望你归。"陈妙常又回到自己所雇的船上,掉转船头,回金陵。

潘必正又坐上自己雇的船,直往临安。

潘必正到了临安,经过考试,中了二甲进士,观政刑部,只是无法预测归期,便修书两封,托进安先送信给陈妙常,然后再寄信给河南和州潘夙夫妇。

溧阳县王公子听说女贞观陈妙常姿色出众,不免垂涎三尺,托凝春庵王尼姑前往说合。王尼姑被陈妙常数落一顿,扫兴而归。

王尼姑回见王公子："陈妙常十分不愿意，特来回复你。"

"她怎么会不肯，只是你不会作媒。"王公子怨恨地说。

"我再三劝她，她就是不肯。"王尼姑辩解说。

"既然如此，怎么处置她才好呢？"王公子仍不死心，眼巴巴望着王尼姑。

王尼姑想一想，心生一计，对王公子说："你派个能言善辩的人到女贞观，只说请陈尼姑到家讲经说法，用轿子将她抬到家中，任凭你处置，岂不是好。"

王公子见王尼姑说得有道理，忙说："此计极妙，事成再重谢你。"

王公子和信使来到女贞观。

信使来敲陈妙常房门："有人吗？"

"你是什么人？来这有什么事？"陈妙常开门问。

"我家相公和奶奶要拜足下为师，请到家中谈经说法，已备轿来接。"信使说。

陈妙常已看破其诡计："这是王公子派人来算计我，我且哄一哄他。"便说道："既然你家奶奶叫你和你家相公来接，为何不见你家相公？"

信使请王公子入内，与陈妙常相见。

王公子开口说："久闻你清雅绝色，果然名不虚传。你若守清规，岂不辜负了你青春？"

"你休涎皮涎脸,我已身许蓬茅,与青松流云相交。你收拾风骚,今世休想成姻缘。"陈妙常说完,撵王公子和信使出门。

王公子和信使出门,愤愤不平:"我一定要告她,一定要告她。"随即来到凝春庵,拖了王尼姑直往金陵衙门。

金陵知府张于湖问清缘由,指责王公子和王尼姑:"她既是道姑,王仁,你就不该强逼她成婚。王尼姑,你身为尼姑,不该替人做媒。"随即喝令衙役:"左右,与我将他们各打二十,赶出衙门。"

王公子、王尼姑被打,各自回家。

进安来到女贞观,见了潘观主和陈妙常,呈上家信,并特地关照陈妙常:"这一封书单为相公的亲事。"

陈妙常呵斥进安:"休要胡说。"

"你们看信,我还要往河南送信。"进安说完,告辞出门。

陈妙常拆信细阅,潘观主也拆开信细读。

潘观主只见信中写道:

尊姑听侄儿详告,今有一事羞对姑妈说。侄儿曾与陈妙常同枕共欢,姻缘已定。乞垂怜,望周全。

侄必正叩首

"好,好!出家人竟做出这种事情。罢,罢,这也是你们五百年前宿缘,天涯相会。"潘观主追问陈妙常,"你们用什么做凭证,成就好事?"

"潘官人以鸳鸯坠为赠,我以玉簪回赠。"陈妙常惴惴不安地回答。

"你们以物互赠,情缘天定。只是你们两人如在我这里成亲,恐怕玷污我山门,你可到张二娘家暂住,让张二娘做媒,等我侄儿回来娶你就是。"

陈妙常盼望与心爱人儿早日相会。

潘必正不久被任为成都路永康军恤刑官,路经金陵,带着随从直到女贞观,从潘观主那儿得知陈妙常已住在张二娘处。

潘必正一行人来到张二娘处,见到了陈妙常,众人为潘、陈二人主持婚礼。

潘必正骑马,陈妙常坐轿,告别了潘观主,朝河南而去。

潘必正、陈妙常迤逦来到河南和州,见过潘夙夫妇。

潘夙道:"我儿,田园荒废,父母孤单。你为何久留都城?"

"孩儿因功名羁绊,失赡父母,罪过不小。"潘必正恭恭敬敬地说。

吴氏仔细瞧了瞧陈妙常,满心欢喜,说:"媳妇娇容俊

雅，规矩从容。真是我家幸运。"

陈妙常满脸绯红，低声说："天涯归晚，有失侍奉。"

潘夙夫妇又请出钱氏，对潘必正说："孩儿，这是你以前的岳母，你上前拜见她。"

钱氏见到陈妙常，大惊失色。

陈妙常见到钱氏，大惊失色。

钱氏和陈妙常互相凝视，半晌才说：

"母亲，母亲。"

"娇莲，娇莲。"

母女俩抱头痛哭，随后破涕为笑。

潘、陈两家今日家人重聚，潘必正和陈妙常得遂从前盟誓，共效于飞，同享幸福。

绿牡丹巧助良姻

——《绿牡丹》

南宋吴兴城,沈重家牡丹盛开。沈重原是翰林学士,如今已退职,虽说宦情已断,但诗瘾转深。膝下只有一女沈婉娥,另有一丫头小凤。

沈重让小凤请沈婉娥出闺,三人同往花园,共赏牡丹。但见牡丹千株,娇艳非常,倚风含笑。沈婉娥见一株牡丹奇特,问父亲:"爹爹,这种是什么名称?真是好花!"

"这是绿牡丹,旧谱上没有记载,是唐代花匠宋仲儒培育的。"沈重说个明白,接着又问女儿,"你既爱它,何不吟诗赞它?"

沈婉娥略微思索,便吟出:

小饮花前好句催,匆匆愧乏谢家才。
春衫不共花争艳,翠袖今从别样裁。

沈重听完，连声称叹："花有别态，诗有别肠，非此诗不称此花，非此花不配此诗。小凤，给小姐斟酒。"

小凤扶沈婉娥回闺房。沈重在绿牡丹前陷入了沉思："女儿有如此才情，岂能配一庸人？如今外面朋友都有文会，我也创立一个小社，一来结交后生，二来访求快婿。就邀顾粲、柳希潜、车本高入社，吟诗作文。"便发出请柬，请顾粲、柳希潜、车本高来会文。

车本高接到沈重请柬，大惊失色。原来他是一个旧家子弟，只晓得游手好闲，东游西荡，最讨厌读诗作文。他妹子车静芳却通晓经史百家，又能作诗吟赋，是一个不戴头巾的儒生。家中老保姆钱妈妈恨车本高不成器，喜车静芳会争气。

车本高拿着请柬慌慌张张来找妹子车静芳："妹子，妹子，救我一救。"

"哥哥，你为什么这样慌张？"

"不要提了，沈翰林邀我去他家作文。"

"这是他的好意，哥哥去就是了。"

"你知道我作不出文字。"

"那么，不去也好。"

"大老先生下帖相请，如我不去，必然招怪，又招朋友们嘲笑。妹子，你有什么计较？"

"我没什么办法。"

"妹子,这文字就出在你身上。没办法,请贤妹代作一笔文字。"说完,车本高便跪在车静芳面前。

"好了,就依哥哥。只是到时让谁去传递这篇文字?"车静芳问。

"就请钱妈妈出山。"车本高又求钱妈妈。

车本高便往沈重家去。

柳希潜接到沈重请柬,便吩咐仆人:"你等我到了沈重家,出了题目,你再送笔砚来。那时我把题目交给你带回,你赶紧请馆师谢英作诗,再借送午饭为名,把文字传递给我。"

柳希潜布置好,便也赶往沈重家。

车本高、柳希潜、顾粲来到沈重家,寒暄一番后,沈重说:"今日会考,坐必依号,动必执签,各宜恪守会规,不许交头接耳议论。至于夹带传递等事,这些不是贤者所作,老夫也就不必防了。"

"做这样的事的人,禽兽不如!"车本高、柳希潜异口同声地说。

柳希潜坐天字号座,车本高坐地字号座,顾粲坐玄字号座。沈重把题目发给他们:"各赋绿牡丹绝句一首。"

柳希潜仆人来到沈重家,把拜匣递给柳希潜,柳希潜把题目暗递给仆人,并叮咛:"午饭要早些送来。"仆人离去,柳希潜抓耳挠腮。

车本高向沈重说:"门生告领出恭签。"出门去等钱妈妈,恰好钱妈妈来到沈重家门外。车本高把题目交给她,并嘱咐她,把小姐作的诗午饭后送来。钱妈妈自去了,车本高也回考场。

沈重转悠几次,恐怕扰乱顾粲等人的文思,便退出考场。

柳希潜仆人来送饭,把谢英代作的诗暗中递给柳希潜后便回家了。

车本高见柳希潜埋头抄诗,暗暗着急:"柳大好像有些眉目了。我的'安心丸'尚未到手,不免再领出恭签,到门外去等钱妈妈。"便第二次领了出恭签,来到门外。钱妈妈气喘吁吁地来到,赶忙把车静芳代作的诗文交给车本高。车本高如抓住救命稻草,兴冲冲地又进考场,抄完交卷。

沈重把三人试卷封好,送他们出门。

沈重有事出门,把会考的试卷搁在书房。沈婉娥到书房看试卷,顺手翻出柳希潜的卷子,但见其诗为:

纷纷姚魏敢争开,空向慈恩寺里回。
雨后卷帘看霁色,却疑苔影上花来。

沈婉娥称叹:"此诗真是天下绝调。"又取出车本高的试卷,但见其诗为:

不是彭门贵种分，肯随红紫斗芳芬。

胆瓶过雨遥天色，一朵偏宜剪绿云。

"这首诗风致不减前篇，只是略有女儿气息。"接着又看顾粲的诗：

碧于轻浪翠于烟，如此花容自解怜。

仿佛姓名犹可忆，风流错唤李青莲。

"嗯，这第三首的作者才情也不弱。"沈婉娥私下心许。

过了几天，沈重把柳希潜、车本高、顾粲等请来，共同评论前几天所作的诗。沈重又把女儿所作的诗让众人猜，柳希潜、车本高二人未猜着，顾粲却猜测该诗不是沈重作的，而是别人作品。

沈重把试卷分给他们，让他们传阅。

车本高把试卷带回家中，向车静芳连作数揖："多谢妹子了。"

"考在第几？哥哥如此高兴。"车静芳问。

"侥幸排在第二。只是你诗中有'一朵绿云'，那沈老头就说有女人气，几乎露出马脚来。我一口咬定是自己作的诗，才没事。考在前边的何等光彩，考在最后的多么悲戚。

那顾粲考在最末，气愤愤地回家去了。"车本高洋洋自得。

钱妈妈进门，告诉车本高："柳相公派人来请。"

车本高便把几份试卷交给妹子，自己到柳希潜家去胡闹。

车静芳独自细阅诗作，看到柳五柳（即柳希潜）的诗，不免心生羡慕："我车静芳自负姿容，枉诩文藻。只是早年及笄（古代女子十五岁簪笄，以示成年，可以许嫁），却未遇良人。哥哥不以为念，我又羞于启齿，如果能够遇得一位才情似柳五柳的人为偶，也足遂我愿。"

钱妈妈进来送茶，见车静芳对着诗作正沉思，便问车静芳想什么。车静芳把心事告诉钱妈妈，又问："钱妈妈，你知道柳五柳这人吗？"

"我好像听说过柳五柳……对了，他与大相公不时往来。我去他家探听一番。"钱妈妈热心地说。

"钱妈妈，就劳你去打听打听。"车静芳叮咛钱妈妈。

次日，钱妈妈来到柳希潜家。柳希潜刚好外出去了，馆师谢英在书房读书。

"柳相公。"钱妈妈叫道。

"我不认识你，老大娘。有什么事？"谢英问。

"老身姓钱，是车本高的保姆。"钱妈妈介绍自己，"相公，您的家世，我都知道。但不知相公贵宅还有什么人？娶没娶夫人？"

钱妈妈的话使谢英领悟到了讯息。谢英脑海中迅速闪过一道光亮："听这口气,她好像是来访亲的。我将错就错,自称是柳五柳,看她说些什么。"想到这儿,谢英对钱妈妈说:"我已十九,给我说亲的人也不少,只是我要挑挑拣拣。我想娶一位既有才又有色的女子。"

"原来如此,柳相公。"钱妈妈信以为真。

"钱妈妈,你说是车家的保姆,是你乳养大相公吗?"

"不是。我乳养了小姐。我家小姐刚十五,也不曾许聘人家。她也如相公所说的这样,要拣一个才貌双全的人,才肯嫁他。"

"钱妈妈,前几天车相公在沈老先生家作的诗,好像不似他自己作的,是不是你家小姐代作的?"

"相公猜得不错,正是小姐代笔。"

钱妈妈探听到这些,便起身回家去告诉车静芳……

"钱妈妈,书生善于瞒人,还应该多方打听才是。眼见为实,耳听为虚,我倒想亲自见见这位柳相公。"车静芳仍不满足。

"小姐,明天大相公宴请会考朋友,少不得柳相公也来。到时候,小姐亲自在帘内仔细看一看,就知我说的并不错。"钱妈妈说。

车本高在家邀请朋友,早与柳希潜商量好了,要趁机羞辱顾粲。

柳希潜、顾粲来到车家，车本高请二人入席。

"顾兄请坐首席。"柳希潜、车本高推顾粲。

"小弟怎敢。"顾粲谦让，推柳希潜为首。

"我下次再不敢赴会了，只怕夺了顾兄案首，恐怕不好意思。"柳希潜故意说。

"我也不去赴会了，我太忙。"车本高道。

"我俩一个有病，一个太忙，单单顾兄去，还怕案首不是顾兄的？"柳希潜挤兑顾粲。

"小弟考在最末，不劳二兄挂心。"顾粲实实在在地说。

"我有一个计策，到时跟沈老先生讲定，多接些文字不通的朋友来，那时候的第三就是绝高的了。"柳希潜仍一个劲儿地说。

"对对。我们都是好朋友，照顾一下顾兄的体面也是应该的。"车本高附和。

"多谢二位费心。"顾粲忍住心头火，平静地说完，然后带酒离去。

车静芳在帘里把一切看在眼里。席散后，她问车本高："哥哥，刚才那位坐首席的就是柳五柳？"

"是他。"车本高酒气冲天，自去睡觉。

车静芳心中一凉："我看那柳五柳浪子行踪，市侩谈吐，面上带着蠢气，他怎么会是俊才？定是个冒牌货。昨天保姆还使劲儿夸他，不知她看中了他什么！"

车静芳等钱妈妈。钱妈妈一大早就去看浴佛会了,直到掌灯时分才回。

"小姐,你可见了柳相公?感觉怎样?我没骗你吧。经我这双眼睛看过,再无差错。"钱妈妈见到车静芳便急忙打听。

车静芳问钱妈妈:"你昨晚说的全似儿戏。我在帘内见到的柳五柳,并非和你说的那样聪明俊秀,而是满脸蠢气,这是怎么回事?"

"小姐,你怎么说我错了?莫非小姐不乐意了,眼界太高,看不上人家柳相公?"钱妈妈疑惑不解。

"钱妈妈,你昨天可亲自到过柳家?可亲眼见过柳相公?"

"我亲眼见过他,并与他说话,他生得英俊潇洒。"

"我今天见到的柳相公却是个肥头大耳的人。"

"小姐,你不必着急,我明天再去拜访他,问个仔细。"

"我只爱诗,不管他姓不姓柳,也不管他家世如何。你要那人再作绿牡丹诗一首,我才相信他。"

"小姐,我去。"

钱妈妈服侍车静芳睡下,自己也睡了。

第二日,钱妈妈又来到柳家,先问看门人:"柳相公可在书房里?"

看门人说:"相公在书房里。老妈妈,你进去吧。"

钱妈妈来到柳希潜书房，恰遇柳希潜在。钱妈妈一看柳希潜长相，不免吃了一惊："这不是柳相公。这人嘴脸如此难看，小姐所言见的人就是他了。只是我那天见的那位柳相公呢？真让我不明白。"

柳希潜早就垂涎于车静芳，如今见车静芳保姆来到，便装作彬彬有礼，热情待钱妈妈。"请问大娘，有何贵干？"

"我来府上找一位人，就是前天坐在书房中的那位相公。"钱妈妈问起谢英。

柳希潜知道谢英冒了自己的姓名与钱妈妈见过，当下气不打一处来，暗暗骂谢英。柳希潜想了想，欺骗钱妈妈："并没有别的人。"

"怎么不见了呢？"钱妈妈心中纳闷。

"一向要请大娘过来，大娘今天来了，我就把话直说罢。大娘可怜我孤身一人，还未成姻。你家小姐年轻，我想娶她做亲眷。"

钱妈妈极力回绝，柳希潜灰心丧气，送她出门。

谢英听说钱妈妈来了，急忙来见，可钱妈妈早已走了，两下失遇。

车本高、柳希潜、顾粲同到沈重家致谢。闲话之间，柳希潜向沈重说："老师，门生有一事启上。门生年空长，姻未谐。"

"你有如此大才，久该有人择配了。"沈重道。

车本高也向沈重说:"门生刚才正要说起这事,不期柳门生已说了。"

"你们这样说,莫非是已想好了什么人家,要我给你们牵线搭桥?"沈重对车、柳二人说。

沈重的话刚说完,柳希潜、车本高就争论起来:

"车兄,先让小弟说。"

"这却让不得,让我先说。"

沈重便让他们俩把话从头说起,柳希潜、车本高便把希望娶沈小姐的心思说了出来。沈重看见他们俩都想娶沈婉娥,况且他们又都是自己的学生,不便当面回答。

"老师,先让门生尽礼,门生是您会考时新取的案首。"柳希潜急忙说。

"老师,您说门生的诗也该第一,让门生尽礼吧。"车本高争道。

"二位不必争执,我自有安排。"沈重不冷不热地说。

顾粲在一边嘲笑车本高、柳希潜:"老师要择婿,自然要再面试文字,细察人品。你们在老师面前胡说八道,岂不丧尽斯文。"

沈重再三考虑,允许众人登科以后,再议婚事,约定秋天再在家会考一次。

车本高归途中指责柳希潜:"柳大,你也太不是人了。一边追求我妹,一边又追求沈家!"

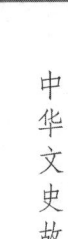

"你没有给我回话,我只得另寻主顾。"柳希潜振振有词。

"你倒乖。我非要在沈老头面前,与你争个高低。"车本高气愤地说。

"如把令妹许给我,便让沈小姐与你。"柳希潜掉转话头。

"说得也是。"

当下车本高便认了柳希潜为妹夫,柳希潜连声叫"车大舅,车大舅"。车本高又把妹子车静芳要面考之事告诉柳希潜,柳希潜答应次日来车家应试。

柳希潜派仆人请谢英又作了一首绿牡丹诗。谢英追问数次,柳希潜的仆人才告诉谢英,作绿牡丹诗是为了柳希潜应付车静芳考试,并且希望凭此诗获得姻缘。

谢英心生一计,要阻止柳希潜与车静芳成亲:"我为什么不为他作一首极歪的诗,让车小姐见诗发笑,断绝他求亲的念头?"便写了一诗,念完之后,他禁不住大笑起来:"骂他为乌龟,他也不会晓得,何等有趣。"

谢英见柳希潜的仆人还在等,便把诗交给他。

柳希潜来到车本高家。

钱妈妈早已把考试用的桌椅预备好,并在屋内张起一张竹帘,车静芳在帘里审视柳希潜,以免发生夹带等作弊行为。

柳希潜坐到桌椅上，又起身，叫来车本高，低声对他说："有事求你相助。等会儿，我的仆人拿一张纸来，烦你悄悄送给我。"车本高道："这不是作弊吗？"柳希潜道："你不要高声，免得令妹听见。成就此事后，便把沈家的亲事让给你。"车本高一听后半句话，便答应了："好吧，我将就着帮你这一次。"

柳希潜坐到椅上，坐了一会儿，但揉揉眼睛，捶捶腰，摩摩腹，满脸倦态，昏昏欲睡，伏在桌上，双眼一闭，鼾声即起。

车静芳听到鼾声，便让钱妈妈去叫醒柳希潜。钱妈妈走到座位边，使劲儿拍了一下桌子。柳希潜猛地惊醒，嘴里嘟囔道："谢相公文字可完？"钱妈妈摇摇柳希潜："柳相公，不要睡，起来作文。""我原来并不曾睡觉，是在闭目静思。"柳希潜忙为自己分辩。

柳希潜的仆人拿了谢英代作的诗匆匆忙忙赶到，见钱妈妈站在门口，急得如热锅上的蚂蚁。车本高见他来到，便说："你相公对我说了，让我为他传递。"柳希潜的仆人便把诗交给车本高，一再叮咛："作诗的人对我说，叫我家相公不论遇上什么盘问，只说诗是自己作的。"便回家了。

车本高进屋，走到柳希潜桌边，故意高声问："柳兄，可得意吗？"柳希潜道："已想好，在肚里，还未写出。"车本高暗地把纸条迅速递给柳希潜，仍站在桌边，在桌上指指

点点:"这草稿头一个字就妙。"柳希潜假意谦让:"哪里,哪里!"

车静芳在帘内看见他们好像在作弊,便叫钱妈妈去搜。柳希潜道:"刚才就你家大相公在此看文。哪个为我传递?"故意伸袖解衣,让钱妈妈瞧。钱妈妈搜不出什么,只得向车静芳说"无人传递"。

柳希潜抄完,大叫:"生员交卷。"车本高接过试卷,将它交给车静芳。车静芳展开一看,原来是一首诗:

牡丹花色甚奇特,非红非紫非黄白。
绿毛乌龟爬上花,只恐娘行看不出。

车静芳看完,哈哈大笑:"哥哥,这是谁作的打油诗。你去问问他?"

车本高走出帘外,对柳希潜说:"我妹看了你的大作,哈哈大笑。疑心是你请人作的诗。"

柳希潜高声争辩:"小弟这样才学,人家不来求我也就够了,我怎么去求人呢?"

车静芳闻言又笑,对钱妈妈说:"他还真以为我称赞他,一个劲儿地承认。钱妈妈你去仔细问他。"

钱妈妈追问柳希潜,柳希潜赌咒发誓,一口咬定是自己作的,并追问钱妈妈为何问个不休。钱妈妈回复车静芳。

车本高还不明白车静芳为何如此开心。钱妈妈也是如此，便请求车静芳："小姐只说好笑，恐他不服。不如明说好笑的缘故，让大相公听了，也好去回复他。"车静芳便说："'牡丹花色甚奇特，非红非紫非黄白'，这句倒也平常。只是后两句才可笑，'绿毛乌龟爬上花，只恐娘行看不出'，分明是自己骂自己为乌龟了。"

车本高把好笑的缘故讲给柳希潜听："从今以后，我只叫你'柳乌龟'好了。这卷子是你自己的供状，你拿去吧。为这门亲事，我为你说合，为你传递纸条，你却抄这种歪诗。你没脸面，我也没脸面。你走吧。"

柳希潜本是高兴而来，如今却扫兴而去。

柳希潜回到家里，将谢英斥责一顿，将他赶出门去。

谢英倒也干脆，连束脩也不讨，便离开了柳家，暂依顾粲。

车本高听说谢英被赶出柳家，便到顾粲家来请谢英。

谢英为看见车静芳，也就不嫌车本高猥琐，答应了车本高的请求。

车本高在家中款待谢英。酒席刚散，钱妈妈来收拾桌面，认出了谢英就是她第一次在柳家见到的人，便叫："柳相公。"

"原来是钱妈妈，久违了。"

"我后来又到柳家庄去找你，没料到遇到另一位相公，他说馆中再无第二人。"

"这是柳大诳言。我原不姓柳，正等机会向你说个明白。没料到柳大骗了你，我几次找你也没找着。我叫谢英。"

"我猜到了，替柳相公作诗的人就是你了。谢相公捉弄他，把他骂作乌龟。更可笑的是，柳相公抵死承认诗是自己作的，再不肯说是别人代作的。我家小姐笑个不止。"

"柳大就因为这个，把我逐出书馆。"

"谢相公，我家小姐喜看你的佳作，你何不再作一首绿牡丹诗，让我转达小姐。"

"好呀。"

钱妈妈取来纸笔，请谢英作诗。

谢英展纸挥毫，笔走龙蛇，写道：

叶色花容殊不辨，但闻香气袭庭闱。

朦胧月下宜详认，莫作刘家黑牡丹。

谢英写完诗，交给钱妈妈，然后自去歇息。

钱妈妈拿了诗来找车静芳："小姐，大相公请了一位先生到家来，我已看明白，他就是我前日在柳家庄遇见的那位相公，他不姓柳，姓谢名英。"车静芳道："谢英……哦，我在诗刻中见过他的名字，好像是个知名人士。"钱妈妈说："他在柳家坐馆，柳希潜在沈家考首案的诗就是他作的。"

车静芳道:"我说柳希潜这个花脸作不出那样好诗。"

钱妈妈把诗拿出来,递给车静芳。车静芳读诗后,又哈哈大笑:"谢相公真幽默,把柳希潜比作牛,让我不要认错了。"钱妈妈也在一旁乐了:"谢相公真会取笑。前日骂柳希潜为乌龟,今天又骂他为牛。"

再说沈重那天收到车本高、柳希潜的诗卷,也没仔细看,便搁在书房里。

沈婉娥无事,到父亲书房翻书,看见书案上的两卷诗,便读下去;读完以后,发现诗卷并不是车本高、柳希潜的作品而是拿别人的作品充数,从而怀疑前几天会考时的诗篇也不是他们自作的,心想:"好笑车、柳二位,把别人的诗稿抄录送人,又不知增删,真是一对白丁。"

沈婉娥把自己的想法和对车、柳的评价,告诉了父亲沈重。沈重决定下次会考时认真对待。

沈重再次请车本高、柳希潜、顾粲来家会考,重申纪律:"今日会考,老夫在此坐观,诸位用心。凡一应物件,我家早已备好,各家不必送来。若有人在门口窥探,即系传递,一概不许放人。"说完,把题目《辨真论》分给众人。

柳希潜、车本高暗暗叫苦,柳、车二人的仆人来到沈家门口,都被小凤赶走。

柳希潜不知从何入手,便问:"门生请问老师,为何叫《辨真论》?是写四句还是八句?"

"这不是诗。天下有真有伪，真者为伪者所抑，就是真伪混淆，定要辨明才好。"沈重说。

柳希潜、车本高把桌子移近顾粲，要偷抄顾粲字句，顾粲把桌子挪远。柳希潜低声叫："顾兄，你是好人，把破题给我抄吧！"车本高也低声说："顾兄略讲一讲，考完后，请你下馆子。"顾粲笑笑，说："抄也该抄，讲也该讲，不过前日你们也太装大了，合伙欺负我。"不再理睬车本高、柳希潜。

过一会儿，柳希潜装头疼，向沈重告假："门生昨夜受了风寒，头疼得厉害。文章已经想好，只是写不出来。等下次再多作几篇吧。"沈重微笑着说："既然这样，我也不好勉强，请回吧。"柳希潜抱着头，走出考场。

车本高伏在桌上大叫："腹痛，痛死了！"沈重问："为什么大叫？"车本高道："绞肠痧旧病发作。"沈重忙叫人扶他出去。

柳希潜见车本高出来，两人相视而笑："病好了。"小凤见他们如此，便嘲笑说："二位相公怎么装病？"柳希潜、车本高同时说："起初真病，方才好了。"小凤道："既好了，再请进去，作完文章如何？"柳希潜、车本高道："这样，病又复发了。"两人抱头捂肚，装作一副病态走出沈重家，各自回家。

顾粲交卷。沈重说起上次会考之事，顾粲说出柳希潜的诗是谢英代作的，车本高的诗是车静芳代作的。沈重满脸惊讶，便让顾粲邀谢英来家一晤。

谢英来到沈重家，沈重问及谢英身世、婚姻，谢英说自己尚未有亲，只是有意于车静芳，却又有柳希潜也有意于车静芳，担心车本高把妹子许配给柳希潜。沈重答应相助一臂之力，要做主婚，又说女儿沈婉娥正要请车静芳来家，趁机可说知就里。谢英喜出望外，告辞沈重，仍回车家。

沈婉娥派小凤请车静芳来家，谈到车本高、柳希潜请人代作诗的事，提及谢英和顾粲。两人谈得投机，认了姊妹，车静芳认沈重为义父，暂住沈家。

谢英、顾粲入京应试。

车本高把沈重认车静芳为干女儿并把她许给谢英一事说了出来。柳希潜不高兴了，说："他又不是叔伯尊长，怎能擅自做主？我有一计在此，他若肯把女儿许给你，你才把令妹许人。"

"我也这样想，只是他把女儿许给了小顾。"

"我想令妹原该许我，沈小姐原该许你。且等放榜之日，我们先通报录人，等未揭榜时，先报你我中了，当夜就成亲。到时候知道是假，她们也无法奈何了。"

两人商计已定，到期使用此计。

车本高、柳希潜来到沈家，正与沈重闲谈之际，报录人来报："报！报！报！柳相公、车相公中了。"车本高、柳希潜赏报录人银两。

沈重沉思不语，车本高、柳希潜各自归家。

小凤来报沈重："禀老爷，车家、柳家派人在外，说今夜就要迎亲。"沈重道："吩咐掌礼人伺候。请二位小姐梳妆。"又派人去请谢英、顾粲。

沈重为车静芳和谢英、沈婉娥和顾粲操持婚礼，掌礼人按常规礼仪主持。

车本高、柳希潜来争论，对沈重说："老师说过中榜成婚，不能赖婚。"沈重说："已在此行礼，不必再讲。"

柳希潜扯住谢英，车本高扯住顾粲："不能成礼，不能成礼，拼个大家都不成得了！"

就在此时，报录人来报："第一名谢英，第二名顾粲。"车本高、柳希潜说："仅报条不足为凭。"报录人取出全录，说："现有全录在此。"车本高、柳希潜哑口无言，灰溜溜地离去。

小凤来告沈重："禀老爷，阶下绿牡丹一时盛放。"沈重合掌祈祷："今日良姻全凭此花为媒，此花盛放，呈示吉祥。"便以酒浇花。

绿牡丹开得鲜艳，洞房里佳人才子福无边。

风筝题诗结奇缘

——《风筝误》

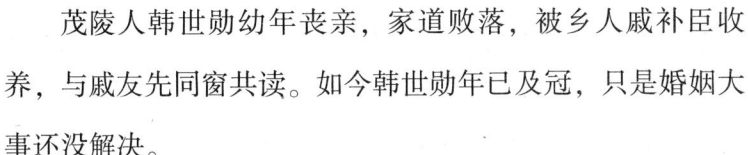

茂陵人韩世勋幼年丧亲,家道败落,被乡人戚补臣收养,与戚友先同窗共读。如今韩世勋年已及冠,只是婚姻大事还没解决。

元旦之日,韩世勋向戚补臣恭贺新年:"伯父,小侄多蒙你教诲,感激之情,一言难尽。如今世人都只顾自己,哪肯念及别人。伯父大恩大德,小侄不知何年才能报答!"戚补臣道:"我与令尊曾有深厚友情,怎能因令尊的生死而改变友情。你只管用心读书,纸笔、灯烛费用,我自会替你安排;就是婚姻之事,少不得也由我主持。"

仆人向戚补臣禀告:"禀老爷,刚才詹老爷来拜年,留下帖子回家了。"戚补臣吩咐打轿,备了礼物,去回拜詹烈侯。

戚友先与韩世勋闲聊。戚友先说:"老世兄,我和你终日闭书馆,整年不见女人,这些时间睡卧不安,未免阳气太盛。如今学塾放假，正好及时行乐，你我到妓院走走，怎么样？"韩世勋不乐意地说："近来名妓极少，不必去。"戚友先问："到底要什么样的女子才中你的意？"韩世勋道："女人，应该天姿与风韵都具备。有天姿，没风韵，便像个泥塑美人；有风韵，没天姿，便似个花面女旦。天姿、风韵都有了，才可能打动男人。天姿、风韵再加上内才，便是一个绝对完美的女人了。我要个才貌俱全的女人。"戚友先道："你也太迂阔了，世上哪有这样女人？方才家父说，要替你定亲，你也太难侍候了。"韩世勋说："如要议亲，需等我试过她的才，相过她的貌，才可下聘。否则，宁缺毋滥。"

戚补臣从詹烈侯家回来，韩世勋和戚友先不敢再多言。

詹烈侯原是西川招讨使，被宦官弹劾，罢职归家。如今川、广之间，蛮兵作乱，朝廷让他官复原职，克日起程。只是有一件事令詹烈侯放心不下⋯⋯

詹烈侯长于治国，短于治家。正夫人早丧，子嗣杳然。他的二妾各生一女。二夫人梅氏生女儿爱娟，三夫人柳氏生女儿淑娟。只是梅氏与柳氏不和，一年之内有三百个日子争吵，詹烈侯一天之内有七八个时辰和事。詹烈侯多亏了一双顽皮的耳朵，炼出了一副忍耐的心胸。爱娟和淑娟年已二八，未谐婚姻。

詹烈侯请出梅氏、柳氏并爱娟、淑娟，梅氏、爱娟见了柳氏、淑娟，忍不住冷言热语起来，唇来舌往，争吵不休。

詹烈侯止住她们："朝廷复我职，就要上任。那干戈扰攘的地方，不好带家小。我如今在家，你们尚且终日吵闹；明天我上任去后，再没个和事佬。得，趁我在家，叫几个泥水匠来，将这宅子中间，筑一道墙，将院子分为东院、西院。梅夫人住东院，柳夫人住西院。"

泥水匠来，筑了高墙。梅夫人、詹爱娟就住东院，柳夫人、詹淑娟就住西院。詹烈侯骑马赴任。

戚补臣来为詹烈侯送行，两人互道珍重。詹烈侯一拍后脑，忙说："戚年兄，小弟差点儿忘了一件事。小弟乏嗣，只有两个女儿，如今都已长成。小弟此行，归期未卜，求戚兄替小弟择两个佳婿，了却小弟一桩心事。"戚补臣连忙答应。詹烈侯骑马远去，直赴西川。

戚补臣儿子戚友先只是膏粱子弟，喜欢斗鸡走狗、蹴鞠呼卢，对文章一点儿也不留心，也不懂挥尘闲谈，也不会种竹栽花。如今见清明节已到，富家子弟个个在城上放风筝，不觉技痒，也叫家童糊了个风筝。只是风筝糊得素净，戚友先便让家童找韩世勋画些人物，他自己却先到郊外去等。

家童来到韩世勋书房，正碰上韩世勋和抱琴在修葺花园中的花竹。"韩相公，戚公子有个风筝，求你画些画儿。"

韩世勋不高兴地说："就是画也没有颜料，难道用墨涂吗？裱风筝自有裱匠，画风筝也有画师。我不会画。"

"韩相公，求你画一画吧！戚大爷在城上等，如去迟了，他又要难为我。"家童恳求说。

"得了，我就题诗一首以塞责。"韩世勋便回书房，在风筝上题诗：

谩道风流拟谪仙，伤心徒赋"四愁"篇。
未经春色过眉际，但觉秋声到耳边。
好梦阿谁堪入梦？欲眠竟夕又忘眠。
人间无复埋忧地，题向风筝寄与天。

家童拿了风筝，急忙赶到郊外寻戚友先。"大爷，风筝拿来了。"

戚友先抖开风筝一看，怒气冲冲地说："我是让你拿去画的，为什么让他写起字来？"

"小人央求韩相公画，他说没颜料，故只题了一首诗。"家童解释缘故。

"他就是令人讨厌。横也是一首诗，竖也是一首诗，他如果打死了人，少不得也用诗来偿命。"戚友先一边嘲笑韩世勋，一边放风筝。

风筝顺风飞上天，戚友先和家童跟着风筝，倒行放线。风势偏大，风筝断线，掉在一家院子里。

柳氏和女儿詹淑娟在屋里做女红，见一个东西掉落在院子里，母女俩大吃一惊，异口同声地说："呀！什么东西从天上掉下来了？"急忙跑出屋，到院子里一看，原来是一只风筝。柳氏和淑娟把风筝上的诗读了一遍，柳氏免不了赞叹："这是才人忧愤之词，偶然题在风筝上的。儿呀，你和他一首，写在后面，让我看看。"詹淑娟推辞道："别人家的诗，和他干什么？"柳氏道："借他题目，写我襟怀。你就依我，和一首诗吧。"詹淑娟沉思片刻，就在风筝上和了一诗：

何处金声掷自天？投阶作意醒幽眠。
纸鸢只合飞云外，彩线何缘断日边？
未必有心传雁字，可能无尾续貂篇。
愁多莫向穹隆诉，只为愁多谪却仙。

柳氏在一旁说："好诗，好诗！人家女儿有才的，未必有貌；有貌的，未必有才。我女儿才貌双全，真是难得。"詹淑娟低头不语。

东院的詹爱娟派奶娘来请詹淑娟，詹淑娟去了东院。

戚友先让家童来找风筝，家童来到詹烈侯家。詹家看门人来到西院，问了柳氏，柳氏把风筝交给看门人。看门人把风筝交给戚友先家童。

家童拿了风筝，回到家里，要告诉戚友先，戚友先却睡在书房里。家童把风筝交给韩世勋收着，转身侍候戚补臣去了。

韩世勋见了风筝后面的和诗,连声称好,便对抱琴说:"詹老先生又不在家,这诗是谁作的?"抱琴说:"我听人说,詹家二小姐有诗才,可能是她作的。"韩世勋点点头,说:"口气像女人口气,笔迹也像女人笔迹,是她作的。趁戚大爷正睡着,把诗揭下来,另用白纸补上。"抱琴把诗揭下,又贴上白纸。

戚友先醒了,韩世勋把风筝给他。戚友先见天色还早,拿了风筝又出去了。

韩世勋对抱琴说:"我那首诗是无心作的,并没有挑情的意思。如今我再作一诗,说及婚姻之事,请人寄去,看詹家二小姐怎么发付我!只是没有这么一个人。"抱琴道:"相公,你为什么不学一学戚大爷放风筝呢?你如今作一首诗写在风筝上,到城上去放,望她家院内,把线一丢,就落在她家了。"韩世勋道:"妙,妙。只是怎么才能得回音?"抱琴说:"不难。我去她家讨,讨得风筝,回音也就在上面了。不能说出你的名字,只说是戚大爷作的,事成之后,再说出真情。"

抱琴糊了一只风筝。韩世勋在上面题诗:

飞去残诗不值钱,索来锦句太垂怜;
若非彩线风前落,那得红丝月下牵。

随后又嘱咐风筝:"风筝!风筝!我这桩好事全靠你了,你就是月老。"

次日,韩世勋和抱琴到城上放风筝,对着詹家大宅,把风筝放进去。戚友先见有人在城墙上放风筝,也顿生兴致,拿了风筝赶来。抱琴将他引往郊外。韩世勋放线,正碰上刮西风,风筝吹落在东院里。韩世勋便放心回家了。

再说詹爱娟和奶娘正在闺房中闲坐,听见窗外有东西响了一下。奶娘出房,四周一找,发现了风筝,便对詹爱娟说:"原来是一个风筝,上面还有一首诗。"

"有什么奇怪的。"詹爱娟不以为然。

"那天西头二小姐拾到戚公子风筝,上面也有诗。今日这风筝也有诗,不知是不是他的?"奶娘说。

"她那一个是七公子的,我这一个自然是八公子的了。"詹爱娟道。

"不是那个'七'字,是老爷相识的戚布政的儿子。"奶娘纠正道。

"那公子又会作诗,又喜放风筝,一定是个妙人了。奶娘,我如今心上想着男人。听了男人的声音,心上难过;闻见些方巾香、护领气,浑身就如跳蚤叮了一样痒得难受。"詹爱娟索性向奶娘说出满怀心思。

"今日这风筝不是没缘故的。昨天一个,落在西院;今

日一个,落在这边,都有诗在上面,难道天下有这样巧合的事?这一定是戚公子见了二小姐的诗,又放一个来,讨回信。我如今到门口去等,如他来讨,就说二小姐为他害相思,约他来会,到时候,大小姐去冒名顶替,成全好事。"

詹爱娟听了满心欢喜,便催奶娘快去大门口。

抱琴来到詹家大门口,正碰上詹爱娟奶娘。

"我是戚家管家,奉公子之命,特来拜领风筝。"抱琴向奶娘作揖。

"昨天来取风筝,今日又来取风筝。难道我家是个风箱,任你扯进扯出的吗?"奶娘有意难为抱琴。

"不知为什么,那风筝就像有脚的一样,偏要钻来你家。"抱琴巧舌如簧,"我家公子想着你家小姐,你家小姐可想着我家公子?"

"我家小姐相思极苦。今日和诗一首,要亲手交给你家公子,还有许多心腹话对他讲。"奶娘道。

"极好。只是你家屋宇深重,我家公子胆小,怎么进来?"抱琴说。

"没事。今晚一更以后,让他大胆来,我在这里等他。"奶娘说完,把风筝交给抱琴。

抱琴告知韩世勋。

韩世勋乘着夜色来到詹家大门口。詹爱娟奶娘也恰巧来到,低声叫:"戚公子,戚公子!"

韩世勋循着声音方向，向前摸去，与奶娘撞个正着。

"你可是戚公子？"奶娘问。

"正是。"韩世勋应道。

奶娘便牵着韩世勋的手，东躲西藏，终于来到詹爱娟闺房，房中黑漆漆的。

"小姐，放风筝的人来了。"奶娘说着，把韩世勋的手递给詹爱娟，自己却走出房去。

詹爱娟扯韩世勋坐在自己身边，搂住他，连声叫："戚郎，戚郎，这两天可想死我了。"

韩世勋尴尬不堪："小姐且从容些。我后来一首拙作，可曾赐和了？"

"你那首拙作，我已赐和过了。"詹爱娟说。

韩世勋惊讶："小姐的佳篇，请念一念。"

"我的佳篇一时忘了。"詹爱娟随口答。

韩世勋又吃一惊："自己作的诗，只隔了半日，怎么就忘了？还求记一记。"

"我一心想着你，把诗都忘了。让我想想……呃，想起来了。"詹爱娟说。

韩世勋道："请教。"

詹爱娟便念道：

云淡风轻近午天，傍花随柳过前川。

时人不识余心乐，将谓偷闲学少年。"

韩世勋又吃一惊，道："这是一首千家诗，怎么说是小姐作的？"

詹爱娟见谎言被戳穿，结结巴巴地说："这，这，这果然是千家诗，我故意念来试你学问。你果然记得，确实是个真才子。"

"小姐的真本领，我倒要领教。"韩世勋追个不止。

"我和你且把正经事做完了，再念诗也不迟。"詹爱娟拉韩世勋上床，韩世勋站住不动。

奶娘把灯拿来，要他俩随便些，随即知趣地离开。

韩世勋就灯下偷看詹爱娟，见她奇丑不堪，顿生厌恶，推辞说："小姐，我闻命而来，忘了家中一桩大事，刚想到。今晚告别，明天再来领教。"说罢，推开詹爱娟，拔脚就走。

詹爱娟在灯下早已将他看个仔细，见他俊脸姣容，听韩世勋一说，急忙拉住他："来不来由你，放不放由我。夜深了，我们睡吧。"

奶娘听见他俩争吵，急忙来劝。韩世勋故作惊慌，说："夫人来了。"詹爱娟忙松开手，韩世勋就势挣脱，拔脚就跑，与奶娘撞个正着。奶娘问："你们的事做完了吗？"韩世勋说："做完了。"奶娘将韩世勋送出门外。

詹爱娟对奶娘大发脾气，奶娘只得好言相劝。

韩世勋回到戚家,进了书房,连叹晦气:"我为詹家女子,误起情肠,吃了这一场虚惊。以后婚姻切须仔细,一不可听风闻的言语,二不可信流传的笔札,三不可拘泥于门第。且把这门心思收拾起来,以功名为念,金榜题名,方再洞房花烛。"

戚补臣见如今正是乡试时节,便要了却自己心愿,助韩世勋上京应试。

韩世勋辞别戚补臣、戚友先父子,骑马入京应试。

后来韩世勋中了状元,正要告假还乡,到扬州去择佳人。不料此时蜀中告急,座师荐韩世勋督师征剿蛮人。

韩世勋奉旨统领京营铁骑来到蜀中,与西川招讨使詹烈侯协同征剿,大败蛮人,得胜回营。詹烈侯牵挂两个女儿婚事,托按察使向韩世勋婉转转达意思。韩世勋听说詹烈侯要将二女儿许配自己,认为她便是自己曾见过的那个丑女,以自幼受戚补臣抚养不能自主为由,婉言辞谢。

詹烈侯心想戚补臣是自己极相好的友人,况且临上任前曾把女儿婚嫁之事托付给他,便修书一封,派人送往戚补臣家。

韩世勋入京应试后,戚友先便少了拘束,日里赌钱,夜里嫖妓。戚补臣见儿子如此不学好,生怕断了自己的后裔,便思量着给儿子娶房媳妇,让媳妇拴住儿子的野心。

戚补臣想起詹烈侯上任之时,曾托自己替他两个女儿择

婿，便想着把詹烈侯两个女儿聘给戚友先和韩世勋，本想一齐下聘，只因韩世勋进京赴试，便仅仅给儿子戚友先聘了詹家大小姐詹爱娟。梅夫人应允了亲事，但要戚公子先到她家成亲。

詹家东院，花烛酒筵齐备。戚友先和詹爱娟行礼完毕，掌礼人将二人送入洞房。

戚友先揭开詹爱娟脸上纱巾，大吃一惊："呀！我原以为詹家小姐是一个佳人，原来竟是一个丑货。我一向嫖妓，美恶兼收，精粗不择，却从未见过如她这样丑得绝顶的。"便闷坐在一边，不理詹爱娟。

詹爱娟在灯下见了戚友先，大吃一惊，问："戚郎，我只一年不见你，你怎么就这样苍老了？"她见戚友先不吭声，便又说，"戚郎，那一夜啊，我们好好地说话，被奶娘撞进来，你说是夫人来了，就跑了出去。自那一夜后，我想你想得好苦呀！"

戚友先听完这番话，拍案大怒，喝道："呸！丑淫妇！我何曾到你家来？我何曾见你的面？我何曾撞着什么奶娘？你被奸夫淫污了，你的丑事在我面前败露了！"

梅夫人听见洞房里新郎新娘争吵，以为是女儿装模作样而不肯脱衣解带，要劝女儿，走入房里，问："贤婿，你为什么这样发火？"

"我不是你女婿，你的女婿去年就有人做了。"戚友先怒气冲冲地说。

"女婿,你的话,我听不懂。请你说清楚。"梅夫人好生奇怪。

"还是不说为妙,如要我说出来,只愁你上吊。都是你治家不严,黑夜里开门遭盗,预先让别人梳栊了宅上的粉头,让我承受乌龟的名号!"戚友先一口气说出了许多。

梅夫人逼问詹爱娟,詹爱娟只得说出去年清明节假戚公子来家相会之事。梅夫人气得捶胸叹气,只得骂女儿:"生出你这样东西,败坏爹娘体面!"又劝戚友先:"贤婿,是我儿不争气,怪不得你发火。只是你今夜不成亲就走,一来坏了我家体面,二来有损府上名声。小女不中你意,等成亲后,三妻四妾任你娶就是。"

戚友先怒气稍解:"成亲以后,我就娶小。不许她闲牙嗑齿。"

梅夫人、詹爱娟只得答应。

詹爱娟与戚友先结亲后,戚友先见詹淑娟生得标致,便睡梦中也想她。詹爱娟早对柳夫人不满,嫌她平常夸嘴;又嫉妒詹淑娟有才又有貌;还想让戚友先与詹淑娟勾搭上手,省得他老揭短。

詹爱娟便向戚友先献计:"你既对我家妹子有兴趣,我就成全你。明天,我叫奶娘请她来看花,你预先躲在房中,我借故走出,将门反带上,然后你走出来,任凭你下手就是。"戚友先道:"多谢你知趣。"

次日,詹爱娟派奶娘去西院请詹淑娟。奶娘来到詹淑娟闺房:"二小姐,大小姐说:'花缸里开了一朵并头莲,请你去赏花。'"詹淑娟推辞说:"如今不比往日了,有姐夫在家,混杂不雅。我不好去。"奶娘道:"戚公子回去看父亲,有几天没来了。大小姐特地请你去消闲做伴。"詹淑娟便答应了,收拾好针线,同奶娘过来。

詹爱娟早已让戚友先躲在衣架背后马桶边,见詹淑娟同奶娘一道来了,便迎上去,寒暄一番。詹爱娟指着房中花缸中的并头莲:"妹子,你看这两朵荷花,开在一枝梗上,多好看呀!"詹淑娟道:"果然有趣。"

詹爱娟借故和奶娘去煮茶,把詹淑娟留在房中。戚友先轻手蹑脚,出其不意,从后面一把搂住詹淑娟。詹淑娟奋力推开,并高叫:"你为什么如此放肆!姐姐快来。"戚友先逼近她:"你不必叫喊,这是你姐姐的美意,要让我们两个成就姻缘,她才故意出去。"詹淑娟环视四周,见床头挂着一把宝剑,便急忙拿在手中,指着戚友先,威胁他说:"你好好放我出去就罢了,若不然,我就用宝剑斩除你这个恶鬼。"戚友先以为她只是吓唬他,便跪在地上。詹淑娟挥剑要砍他,他只得躲避。

戚友先绕着床转,詹淑娟举着剑在后面追赶。戚友先高喊:"娘子快来救命。"詹爱娟开了房门,要劝詹淑娟。詹淑娟扯住詹爱娟，要拉她到梅氏那儿讲理。詹爱娟跪地求饶，詹淑娟掷剑出门。

詹爱娟和戚友先面面相觑，无话可说。

韩世勋告假还乡，要往扬州择配，路过戚补臣家，拜见戚补臣。

戚补臣谈及詹烈侯信中所提婚姻事，韩世勋才恍然大悟，解释说："那天曾与詹老先生同赴太平公宴，他请按察使做媒，说及这门亲事，要把二小姐嫁我。我却说自幼蒙戚年伯抚养成人，婚姻不能自主。这是辞婚的话，怎么认作是许亲的话？"

"他的信到后，我已为你下了聘。"戚补臣说，"他第二个女儿，才貌俱全，正该做你的配偶。"

"请问老伯，这'才貌俱全'四个字，是老伯眼见的，还是耳闻的？"韩世勋问。

"耳闻的。"戚补臣答。

"自古说'耳闻是虚，眼见为实'。小侄听说此女竟是奇丑难堪，一字不识。"韩世勋想起清明节所见的詹小姐就恶心。

"娶妻娶德，娶妾娶色。娶进门来，如果相貌不济，你做状元的，还可娶三妻四妾。"戚补臣谆谆告诫。

"就依老伯所言，色可以不要，德也可以不要吗？"韩世勋道。

"妇人以德为主,怎能不要德?"戚补臣说。

"小侄听说此女不但相貌极丑,声名更丑。"韩世勋对清明节詹家相见一事耿耿于怀。

"我问你,她家是有隐事,你怎么知道?是眼见的,还是耳闻的?"戚补臣反问。

"眼……"韩世勋想说"眼见的",又怕泄露前事,急忙改口说,"是,是耳闻的。"

戚补臣大笑:"你刚才说'眼见是实,耳闻是虚'。难道我耳闻的就是虚,你耳闻的就是实?做状元的耳朵就与人不同?"

"小侄是个多疑的人,无论虚实,就是不要此女。"韩世勋无话可说。

"我已下了聘,又回信给詹烈侯,我怎么能不守信用?"戚补臣道,"我明天就备好花烛酒筵,送你到詹家入赘,看你去不去!你若当真不去,我就上疏皇上,说你欺君欺父。"

戚补臣说完,径自入书房去了。

韩世勋苦思无计,只得凭天由命了。

詹家西院花烛酒筵,韩世勋与詹淑娟成亲。詹淑娟红盖头遮脸,韩世勋满脸怨气,拜堂饮酒他都是忍着怒气。

众人将韩世勋、詹淑娟送入洞房。韩世勋和詹淑娟面对面坐着。詹淑娟用扇遮面,韩世勋毫不理睬她,心中暗自嘲笑:"你如今良心发现,无颜见我,用扇子遮住了脸。只是你这把小小扇子怎能遮得了你那许多恶状!"他心中把詹淑娟错认作了詹爱娟。

韩世勋不耐烦,拿了灯独自去睡。

詹淑娟静坐着,从扇骨朝对面一看,对面竟只有一把空椅,新郎早已不知去向。她大吃一惊,拿了灯来找母亲柳氏。

柳氏见女儿拿着灯,慌里慌张,便问是怎么一回事。詹淑娟说:"孩儿来与母亲同睡。他不知什么缘故,进房以后,身也不动,口也不开,独自一个睡了。孩儿独坐难过,只得与母亲同睡。"

柳氏大惊,劝慰女儿,让她坐在房中,自己带了丫鬟梅香来问韩世勋:"贤婿,你为什么愁眉苦脸?又为什么孤眠独宿?"

韩世勋便把那年清明节被詹家小姐邀来私会的事说了一遍。柳氏又吃了一惊,忙来拷问詹淑娟。詹淑娟听了丈二和尚摸不着头脑,抵死不承认:"我和他有什么冤仇,他凭空造谣污辱我?"

柳氏又来问韩世勋:"你可记得那小姐相貌?你刚才进房时可见过我女儿?"

"也不用看了,看了倒要难受起来。"韩世勋说。

"我把女儿叫来,你认一认。如果是她,不要说你不要她为妻,连我也不要她为女了。"柳氏劝道。韩世勋愿意认一认。

柳氏扶女儿过来，丫鬟高举红烛照着詹淑娟。

韩世勋一看，顿时傻了眼："呃！怎么她变成了一个绝世佳人。"走近她，拭眼再看，果然是一个绝世佳人。

柳氏问他："贤婿，她可是去年那一个？"

韩世勋忙摇头说："不是！不是！一点儿也不是！"

"这样看来，与我女儿无干，是你认错了人。"柳氏此时也生气了。

韩世勋向柳氏赔礼道歉，柳氏走出新房。

韩世勋又向詹淑娟赔罪，詹淑娟不理他，他跪下求情。詹淑娟扶起他。

詹烈侯升为大司马，奉旨回京，顺便从故乡经过。

梅氏带着詹爱娟和戚友先，柳氏带着詹淑娟和韩世勋，一齐参见詹烈侯。

詹淑娟见到大姨夫戚友先，脸上带着恼意；韩世勋见到大姨子詹爱娟，脸上带着厌恶色。詹淑娟被韩世勋拉到一边，韩世勋指着詹爱娟问："夫人，那边站着的是人还是鬼？"詹淑娟道："是我姐姐，你怎么说起鬼话来？"韩世勋说："我去年不曾见鬼，就是见了这个像鬼的人。"詹淑娟便要叫嚷起来："原来是她冒我名，做丑事，让我受冤屈。我告诉母亲，当面对她说个明白，咬几口肉以消恨。"韩世勋说："夫人，这使不得。你如与她争论起来，戚公子听见，说我调戏他的妻子,这场怨恨怎么了结?"詹淑娟告诉了柳氏,柳氏便与梅氏争论起来。詹淑娟对詹爱娟冷语嘲笑:"你当初说,我做了夫人,须要带挈你。谁想我还不曾做夫人,你倒先做了夫人,这还不曾带挈你,你倒带挈我受气。"

戚友先向柳氏、詹淑娟跪求,柳氏、詹淑娟不予理睬。戚友先便要跳井自杀,柳氏、詹淑娟只得饶了他。

于是戚友先、詹爱娟夫妇和韩世勋、詹淑娟夫妇都向詹烈侯跪拜行礼,皆大欢喜。

众美妇同嫁村郎

——《奈何天》

明朝嘉靖年间,湖广荆州府有个财主阙素封,字里侯。祖上以忠厚起家,一年好似一年,一代胜过一代,家有万贯钱财。只是有一件蹊跷事,阙家只出有才之贝,不出无贝之才,不要说数代没出个进士,就连秀才也没出过。阙里侯读了十几年书,就是倒吊起来,也不见一点儿墨水。富家子弟不会读书本来也没什么,他们只晓得有钱花有饭吃就心满意足了。阙里侯还有更绝妙的,他内才不济,外表丑陋。世上的人奇形怪状都堆在他身上,半点儿也没有遗漏。他的五官四肢都有毛病,件件都阙,件件都不全。好事者便称阙里侯为"阙不全",并替他详加描绘:

眼不叫作全瞎,微有白花;面不叫作全疤,但多黑影;手不叫作全秃,指甲寥寥;足不叫作全跷,脚跟点点;鼻不全赤,依稀略见酒糟痕;发不全黄,朦胧稍有沉香色；口不全吃，急中言常带双声；背不全驼，颈后肉但高一寸；还有一张歪不全之口，忽动忽静，暗中似有人提；更余两道出不全之眉，或断或连，眼上如经樵采。

阙里侯父母早丧，与仆人阙忠相伴。阙里侯父亲在世时曾与邹长史联姻，为阙里侯聘下邹氏。邹氏容貌端庄可人，聪明绝世，能书善画。只因阙里侯服丧三年，不宜婚娶。等到服丧期满，阙里侯与邹氏都已二十多岁了。邹长史当时许亲时，并没预料女儿会如此聪明秀丽，也没预料女婿会如此愚蠢丑陋；如今才知道错配了姻缘，却因受聘在先，不好反悔，恰似哑巴吃了黄连——有苦说不出。

阙里侯脱了丧服，派人到邹长史家催亲。邹长史无计推脱，只得应允。阙里侯准备花灯彩轿，预备下娶亲所用物件，只是他自己身上却一件也不停当，为此苦恼；思来想去，终于想出一条妙计。

洞房花烛夜，阙里侯晓得自己容貌不济，便趁邹氏不肯抬头时，一口气先把灯吹灭了，然后走近邹氏身边，替她宽衣解带。邹氏通脱，一任阙里侯作为。云收雨散，邹氏嗅到一股臭气，鼻子不免乱嗅，怀疑床上有臭虫。仔细辨识，竟是阙里侯的体气，邹氏将身体挪远。此时阙里侯又说起话来，口中的秽气向邹氏鼻子直灌。邹氏忍不住要呕吐起来：

"我如起来呕吐，怕他知道我嫌他，这不是做新人的厚道，我且拼命忍一忍。"只等到阙里侯睡了，邹氏便爬到另一头去睡，没想到阙里侯的尊足与他的尊口一样，臭不可闻。邹氏真是躲了死尸，撞了臭鲞，进退两难，只得坐在床上寻思："我是个精吉的人，却嫁了这样污秽的人，就如苏合遇上了蜣螂，这一辈子可怎么过呀？昨天拜堂时节，我怕羞，没抬头，看不见他的面貌。如果他面貌看得过去，就是身上有些臭气，我用些功夫，把他刮洗干净，再做几个香囊给他戴，也许能遮掩些。万一他面貌丑陋，我这一生可怎么得过？"邹氏无心再睡，眼巴巴望着窗外，盼望早点天亮。天却折磨人，迟迟不亮。邹氏精神疲惫，恍恍睡过去。

日上三竿时，邹氏猛然醒来，睁眼看阙里侯，吓得大汗淋漓，疑心自己还没有醒，以为梦中见鬼，睁大眼睛朝四处一看，知道不是在梦里，便放声大哭。"我怎么嫁了这种怪物！爹爹呀。"阙里侯从梦中惊醒，见邹氏哭泣，以为她思念父母，便坐起身，将又粗又黑的手臂搭在她白腻的肩上，劝她："小姐，耐烦些。不要哭啊！你丈夫容貌不济，但人家看得顺眼。你如果嫁一个穷人，纵使面貌齐整，也当不得饭吃。你就将就些吧。俗话说：'美夫看不得妻儿饱，有财也当得容颜好。'"邹氏越听越伤心。阙里侯越劝，邹氏就越哭……

阙里侯让丫鬟宜春陪伴邹氏。邹氏随宜春到书房散心。

书房前院里栽着花草树木,书房里摆着金鱼缸、小盆景,只是梁上雕花,壁间绘彩,显得艳俗。邹氏心想:"我嫁了这样一个怪物,料想不可能出头了。且喜有这间书房,可以当作避秦之地、世外桃源。我何不收拾收拾,就把它当作我看经念佛之地,也省得那丑八怪来烦我。"于是,她对宜春说:"你去吩咐家人,为我塑一尊观音法像,供在里面,让我烧香礼拜。"

一个月后,邹氏住进书房,脱下艳妆,换上道装,让宜春请来阙里侯。阙里侯一见邹氏装束,丈二和尚摸不着头脑,说:"呀!你为什么这样打扮?好好一个妇人,怎么竟做尼姑、道姑打扮,多不吉利!快点换了。"邹氏道:"阙郎,实话对你说吧,这尊观音像是塑来与我做伴的。我当初做女儿时,一心要皈依三宝,只因许了你家,不好削发修行。我如今已做了你一个月妻子,缘法也不算不尽。如今求你大慈大悲,把书房布施给我,改为静室,让我做个在家出家人吧。我从今日起就住在书房,吃长斋,每天看经念佛,打坐参禅,以修来世。你另娶一房,当家生子。随你做小做大,我都不管,只求你不要来打扰我。"说完,关上书房门。阙里侯好言相劝,邹氏就是不听。

次日,阙里侯请了丈人丈母,让他们劝邹氏,自己跪在门外哀求。邹氏打定主意,决不回心转意。阙里侯无可奈何。

过了几天，阙里侯仍劝不转邹氏，便采用恶劝手法，吩咐手下人不许送饭给邹氏，心想邹氏挨不住，一定会出来。邹氏饿了两日，并不改变主意。阙里侯害怕闹出人命，只得依旧让人送饭，自己站在门外破口大骂：

"不贤惠的淫妇，你看什么经，念什么佛，修什么来生。你哪里真要修行！不过是嫌我丑陋。你如今要称意并不难，我卖你为娼，你扯中意的人去睡就是了。你说你是个小姐，又生得标致，我是个平民，又生得丑陋，配不上你吗？不是我夸口，只怕没银子，如肯花大注银子，就是公主、西施也娶得到手。你不肯出来，我就另娶！不娶个绝世佳人，我就不姓阙，你别后悔！"

邹氏并不答言，只是念"阿弥陀佛"。

阙里侯骂完了，便叫阙忠去请媒婆来。只要事成，便重赏媒婆。

自古道："重赏之下，必有勇夫。"那些走千家窜万户的媒婆闻风而动，不分昼夜，替他寻访。

没过几天，便有一个媒婆来告阙里侯："有个华中运判小姐，年方二八，容貌超常。何夫人为女儿寻个富家，财礼要三百两，另外何夫人还要相女婿，方才肯许。"阙里侯道："这两件事都不难。我的相貌不济，她看了未必肯许，我求朋友做替身，让她相就是了。至于财礼，更不消二话。事成之后，我赏你一个金元宝。"媒婆往返于何家与阙家数次，约定某日在某寺相见，何家相女婿，阙家相新人。

阙里侯想让阙忠做替身："有句机密话和你商量。何夫人要相女婿，你知道我的容貌上不了台面。要请别人替代，又不好开口，只得想到你。"阙忠道："岂有此理？不但有主仆之分，且有嫌疑之别。莫说相不中，就是相中了，娶进门来，也有许多不便之处。你不必费心，我已找到了一个替身，他就是戏子王四。"

相会的那天，阙里侯与王四同往寺中，阙忠随侍。何夫人、何小姐、媒婆也来到寺中。

何夫人问媒婆："哪一位是阙郎？"媒婆指着王四说："那一位极标致的就是了。"何夫人问何小姐："我儿，你觉得怎样？"何小姐道："面庞虽好，举止却轻浮。"何夫人一行往禅堂随喜。

那边，阙里侯看见小姐，忍不住手舞足蹈，故意卖弄风流，以博取欢心。

何小姐拉住媒婆："那旁边站的是什么人，竟丑到这种地步？"媒婆说："那是阙郎的陪堂。"何小姐见王四、阙里侯站在一起，美丑相形，美者更美，丑者更丑，叹道："两物相形，好丑自见。"忍不住掩口而笑。何夫人道："孩儿，这位郎君也看得过，就许了他吧！"何小姐道："但凭母亲做主。"

何夫人应允了亲事，阙里侯连夜把聘礼送过门，选定吉日，花灯彩轿，迎娶何小姐。

进了洞房，何小姐才知自己受骗了："前日相的是那一个，这是他的陪堂，为什么那人不见，倒与陪堂做亲？哦，我知道了，恰似温峤骗婚，仙郎换作村郎，真让人后悔伤心。世上的丑人尽有，有谁丑过他！分明就是鬼怪夜叉。难道我一个美妇人竟要同鬼怪做亲不成？我就不理他。"阙里侯拿着酒杯来劝："娘子，你进了我家门，就是我家人了。不必烦恼，且饮几杯酒。"何小姐掩面痛哭。阙里侯忍不住恼怒起来，说："怎么？夫乃妇之纲。我做丈夫的，好意劝你吃酒，我不吃也罢，反而哭起来，难道刚进大门，就要同我反目不成！丫鬟，过来。你拿这杯酒去劝她，她不喝，我就打你三十皮鞭。"丫鬟劝酒，何小姐就是不喝。阙里侯让仆人验酒后，挥鞭痛打丫鬟，又让仆人去劝酒。何小姐心想："他哪里是打丫鬟，分明是吓我。料想进了这牢门，也休想出去，今夜失身免不了。倒不如喝个烂醉，任他蹂躏罢了，也省得看见他那猪嘴狗脸。"接过酒杯，一饮而尽。阙里侯连连斟酒，何小姐吃个大醉。

次日，何小姐起床，问丫鬟："我听说他已娶了一房，为什么不见她？"丫鬟说："她在书房里看经念佛，不出来。"何小姐又问："为什么去看经念佛？"丫鬟道："不清楚。"何小姐心下明白："肯定是因为他丑陋，才不肯与他同宿，而去看经念佛参禅。如今想来，那所书房别人能住，难道我就不能住？免不了我也想个法子，去依傍她。"

晚上睡觉时，何小姐故意问起阙里侯："我听丫鬟们说，你娶的邹氏在书房里参禅。她可真算是无情至极了。古人说'一日夫妻百日恩'。我和你刚做了两夜夫妻，多么恩爱！你与她成亲一个月，也可说恩深义重了，她竟舍得抛下你，独自修行。这样不贤的妇人，为什么不休掉她呢？"阙里侯说："她既无情，我也就无义，一世不与她见面。花几碗饭养着她，只当喂猪狗。"何小姐道："我替你气愤不过，什么时候我到书房里讥诮她一番。"阙里侯道："好，好。如你能这样，我感激不尽。我原来夸过海口，说要娶个绝世佳人，如今我口应着心了。你如肯过去，她看见你这样容貌，一定要羞得无地自容。"何小姐道："你说得是。听说她那儿有一座佛像，我想先礼拜一下，再同她讲话。"阙里侯道："好说。明天，我亲自送你去，出出心中恶气。"

次日，阙里侯、何小姐来到书房。宜春点起香烛，阙里侯对邹氏说："你睁开眼看看我新娶的人，她模样可胜过你好几倍！"邹氏依言，睁开眼，看了看何小姐，心中软服："果然是位齐整的娘子，怪不得他夸口。"何小姐却无言，只是合掌礼拜佛像，随后向邹氏稽首。

阙里侯以为何小姐是以小拜大，便说："好没志气！她因没福做家主婆，所以我另娶。你如今是一家之主，为什么拜她？"何小姐道："实话实说吧，我行这种大礼，是徒弟拜师父,不是做小的拜做大的。你不要想错了。"转身对邹氏说:"师父在上,弟子因前世不修,堕了奸人之计,嫁了这个怪物,料想不能出头,情愿皈依座下,做个传经听法人。从今以后,朝夕不离。若人纠缠我,我拼性命相抵。"阙里侯气得发抖:"怎么!好好一个妇人,走到这儿就变了?为什么要赖在这里,难道我身上有刺吗?还不快走!"何小姐道:"你不要做梦。我这样一个如花似玉的人,同你宿了两夜,就是天样大的人情、海样深的度量,就是跳到黄河里,洗一千个澡,也去不掉身上的秽气。你该知足了。难道还想玷污我!"

阙里侯颇觉意外,没料到小心谨慎的何小姐忽然发起威了,忍不住心头火起,揪住何小姐的青丝,一边骂,一边打。何小姐挣脱身子,号啕大哭。阙里侯悻悻地出去了。

邹氏与何小姐对面谈心,一见如故。到了晚上,阙里侯派丫鬟来请何小姐,请不动。阙里侯只得自己走来,唱喏下跪,呼姐叫娘,桩桩丑态做尽。何小姐只当不知,被缠得不耐烦,从袖里掏出一把剪刀,就要自刺。阙里侯怕出人命,只得随她便。

阙里侯无法奈何邹氏和何小姐,连连叹息,心中思量:"看样子,我无法沾她们的边了。少不得还要娶一房,三遭为定。她们俩,一个才思太高,一个容貌太好,我配不上她们。以后再娶就娶一字不识、粗粗笨笨的人,只要她会作家务，能养孩子就行。何必要那些上书上画的来磨灭自己，自讨苦吃呢！"

主意一定，阙里侯又去找媒婆。媒婆说："这并不难。现有两凑口的馒头在那里，任凭你吃哪一个。"阙里侯忙问："什么人家？为什么有两个？"媒婆便把原委说了一遍。原来袁老爷是经略官，娶了两房偏房，一个姓周，一个姓吴。成亲没几日，袁经略就上任去了。大夫人生性好妒，因丈夫宠爱这两个小妾，时常怄气。如今趁袁经略进京谒选之时，要打发周氏、吴氏出门。周氏有才干，吴氏才貌双全。媒婆问阙里侯："你要吴氏还是周氏？"阙里侯道："我被才貌弄得七死八活，听见'才貌'两字就头疼。就要周氏吧，但我要相相她。"

阙里侯相中周氏，韩照相中吴氏。这周氏见阙里侯身上、脸上景致不少，便向媒婆发怒："阳间难道没有人了，要到阴间领鬼来！"媒婆道："他就是大财主阙里侯。"周氏大骂："我宁死也不嫁他。"袁夫人说："就是叫花子家，让你去也得去，我当家做主。"周氏无可奈何。

韩照相中吴氏，送过聘礼，回家一查年齿录，发现袁进士正是父亲的同年，不敢冒年侄娶年伯母的忌讳，退了财礼。吴氏一场空欢喜。

阙里侯领着彩轿花灯来迎娶周氏，周氏却悬梁自尽了。袁夫人慌了手脚："我如打发她出门，他日老爷回来，也只

不过小吵一场；如今逼死人命，事情闹大了，到时候下不了台。"便与媒婆商量。媒婆道："老爷回来，就说是病死的。"袁夫人道："那吴氏怎肯闭口不言？"媒婆道："夫人，我有个两全之计，既灭她的嘴，又除你的害。吴氏极力想嫁韩照，韩照不肯娶；阙里侯想娶周氏，周氏又死了。依着我，不如我去对吴氏说，韩照相公重新细查年齿录，依旧要娶，她自然会钻进轿里去，打发她出门了事。阙家聘了丑的，倒得了好的，难道还肯退吗？"媒婆出去安排，阙家轿子抬了吴氏就走了。

吴氏被抬到阙里侯家，掀帘一看，新郎不是韩照而是丑八怪阙里侯，心知袁夫人与媒婆做了手脚，偷梁换柱。心想："既来之，则安之。想个法子，保全今夜无事，算计脱身。"

阙里侯揭开吴氏头上的红绫罗，竟自吃了一惊："昨日相的时节，没有这样齐整，怎么过了一夜，就艳丽了许多？难道我命中注定要娶标致老婆，难道我触犯了天公，让这些漂亮女人来折磨我？"阙里侯正在怨天恨地，吴氏开口了："你就是阙里侯？你家的祸事到了！"阙里侯大惊说："什么祸事？"吴氏说："你昨日聘的是哪一个？你知道她姓什么？"阙里侯说："你姓周，我怎么不知道？"吴氏说："你认错了。我姓吴，那一个姓周。如今姓周的被你逼死了，教我替她讨命。"阙里侯跪在地上求饶，吴氏连恐带吓，镇住阙里侯:"我和周氏都是袁老爷爱妾,只因夫人妒忌,要打发我们出门。你昨日相中她,韩照相中我,一齐下聘。我俩约定,要替老爷守节,只等轿子一到,双双寻死。周氏性急,预先吊死。你家轿子到时,夫人叫我替她,我不肯,要上吊,是媒婆劝我。她劝我嫁到你家,要用两条人命了结你家财产,我就嫁过来了,一则替老爷守节,二则代周氏申冤,三则向你要一口好棺材,省得死在他家,盛在几块薄板中,将来抛尸露骨。我的话已说完,求你早些预备我的后事。"阙里侯如五雷轰顶,瘫软在地。吴氏解开腰间丝绦,系在颈上,要勒死自己。阙里侯大叫家人婢仆救命,大家劝住吴氏。阙里侯跪着说:"吴奶奶,袁夫人,我与你前世无冤今生无仇,为什么上门来害我?我如今不敢留你,将你送回袁府,财礼也不退了,请你在袁老爷面前美言几句,免去我的罪过。"吴氏仍不依:"你就送我回去,夫人也不肯容我,依旧要出脱我,我少不得是一死。俗话说:'走三家不如坐一家。'死在这里,还有些受用。"阙里侯哀求再三:"吴奶奶,袁夫人!是我姓阙的不是,不该用轿子把你抬来。如今千求万求,只求你放条生路!"吴氏道:"你如要我开生路,也行,只要你另寻一所房子,把我养在里面,不许接近我身。等袁老爷回来,把我送回他家,我自然给你说好话,祸事也就免了。"阙里侯一连磕了几个响头,才爬起来说:"如果如此,万代叩恩。不必另寻房屋,我有一所静室,

就在家中，就送你过去，还有两个佳人同你做伴。"说完，叫来几个丫鬟，送吴氏到书房去。

再说邹氏、何氏听说阙里侯又娶新人，免不了让丫鬟去打探消息。没想到碰上吴氏大闹新房，丫鬟们都去帮助阙里侯，没有工夫回书房闲话。邹氏、何氏哑然无言，静坐书房。正在此晨，许多丫鬟簇拥着艳丽非常的吴氏走进来，邹氏、何氏一时不知如何是好。吴氏先拜佛，然后与她俩行礼。

吴氏与邹氏、何氏说话投机。邹氏有才，何氏有貌，吴氏才貌双全，却同归于阙里侯，真是好马配丑鞍，美人伴村郎。三位佳人受奇厄，归于天意，认为这都是无可奈何之事，就把"奈何天"当作了静室匾额。吴氏又说："我们三个人不约而同，都隐在此处。虽是孽障，也有夙缘。不但应该同病相怜，还要同舟共济才是。等袁老爷回家，阙里侯送我回去时节，我向袁老爷说明一切，也许捎带你们二位上天，不至于久沉地狱。"邹氏、何氏同说："如能这样，感恩不尽。"三人结成姊妹，等待出地狱上天堂。

阙里侯惴惴不安，担心袁老爷回来后，会找他算账。

没多久，袁老爷回来。阙里侯忙用轿子把吴氏抬往袁府。谁知袁老爷出奇地冷遇吴氏，他冷淡地说："你当初既要守节，为什么不死，却到别人家去守节？你说与他分宅而居，这句话让我哪里去查账？你不过因阙里侯生得丑陋，走错了路头，所以才转来依靠我。"说着，让家人请阙里侯进屋，让他把吴氏领走。阙里侯连称不敢，袁老爷黑着脸道："你既娶了她，又送还给我，难道要故意羞辱我吗？"又转身对吴氏说："你听我说，自古'红颜多薄命'，你如今若好好跟他回去，安心贴意过日子，或许下半世好过；如果吵吵闹闹，不肯安生，到时落个周氏的结局，没有人会怜惜你。"说完转身走进书房。阙里侯和吴氏只能返家。

到了阙家，吴氏一径往书房走。阙里侯一把扯住，说："你如今去不成了。起初我不敢与你成亲，只是怕人命关天。现在袁老爷不理这个茬了，我还怕什么人命吗？你我容貌不配，怨谁呢！"吴氏到此再也无脾气了。

吴氏被阙里侯管制得服帖，只是心里不甘心，思量："他娶了三次，邹氏、何氏都逃脱了，只留下我顶缸。她们做清客，却让我做蛆虫。我要想个办法，把她们也弄过来，大家分享阙里侯的臭气。"算计好了，便对阙里侯说："我如今不但安心贴意，伴你终身，还要到书房里去把那两个顽固不化的人招安过来。"阙里侯道："你又思量着脱身，好让我什么也得不到。我被你们骗过几次，如今再不到水边去放鳖了。"吴氏赌咒发誓，阙里侯终于相信了她。

再说邹氏、何氏见吴氏回到阙家，竟做了阙里侯的服帖妻子，免不了有些懊悔。"我们一个有才，一个有貌，终不及她才貌俱全。一个抵两个的人物尚且和他过日子，我们还

与他怄什么气！当初那些举动其实都是可以做或可以不做的。"吴氏替阙里侯做说客，来劝邹氏、何氏回心转意。三人讲了会儿闲话，吴氏开口说："世上结义兄弟都要有福同享，有苦同受。前日蒙二位不弃，结成金兰之谊。如今我不幸不能脱身，被他钳住，受苦受难。你们也尝过这个滋味。如今请你们过去，大家分些受受，省得折磨我一个，你们依旧不能安生。"邹氏、何氏说："你当初说要超度我们上天，如今却要拉我们下地狱。亏你说得出口。"吴氏道："我也指望上天，只因有人说这地狱该我们坐的，如今甘心做地狱中人。你们两个与我一样，天堂无会，地狱有缘，所以我拉你们同去地狱。"随即又说了一番红颜薄命、美妇该配丑夫的道理。"自古都是红颜薄命，有几个红颜真得知己！有几个过得美满！我们三个人，如果一个两个错嫁了他，也还可以说是造化偶然失误，如今三个都错嫁了他，就不能说是偶然了。他如果娶着一个两个好的，还可以说是偶然，如今娶得三个好的，也就不能说是偶然了。我们都认命吧。"邹氏、何氏恍然大悟，明白了世间事物是不会遂人愿的，也就听从了吴氏的话。

阙里侯良心发现，派阙忠押了十万银子到边境犒军。朝廷授他为尚义君，阙忠也做了官。

阙里侯听说朝廷诏命将到，便预做准备，让丫鬟准备热水，要沐浴一番。丫鬟收拾停当，阙里侯便沐浴起来。他一边洗,一边说:"今天这个澡,比不得往常,要像那宰猪杀羊一般,一边洗一边刮,纵使疼痛也顾不得,一定要洁净。我听人说古书上有句话,'沐猴而冠'。我如今要戴朝冠,这一沐也不可少。"阙里侯洗浴一番后,竟变成了一个齐整的男子汉。

官诰一到,众人齐向阙里侯称贺。邹氏、何氏、吴氏都被封为一品夫人。这才是:

<blockquote>
红颜薄命有成律,不怕闺人生四翼。
饶伊百计奈何天,究竟奈何天不得。
</blockquote>

周腊梅斗糊涂官

——《打面缸》

糊涂县有个官,办事糊涂,老百姓编了一首顺口溜专门讽刺他:

一棵树儿空又空,两头都用皮儿绷。
老爷坐堂打三下,扑通扑通又扑通。

糊涂县官也不以为意,仍旧糊涂办事,事办得糊涂。

糊涂县有个妓女叫周腊梅,厌倦了皮肉生涯,要从良嫁人,特地面见糊涂县官。

周腊梅来到县衙,正碰上糊涂县官坐早衙。周腊梅跪在堂下说:"太爷在上,周腊梅叩头。"

"你来干什么?"糊涂县官问。

"禀太爷,我是好人家的儿女,不想久在花柳巷中讨生活。求太爷开恩,让我从良。"周腊梅答。

"周腊梅，你愿从良，我就在堂上挑一个人配给你。"糊涂县官格外高兴。

"如此极好，多谢太爷。"周腊梅站起身。

糊涂县官想一想，叫来张才，对他说："张才，我把周腊梅配你，你可想着老爷我一片好心。"

"多谢太爷。"张才毕恭毕敬地答道。

周腊梅和张才拜谢糊涂县官，走出大堂。

衙役跑上大堂，对糊涂县官说："太爷，有紧急公文，要投往山东。"

"知道了，你回吧。"糊涂县官打发衙役走，又问皂隶们："今日该谁当差？"

"张才。"众皂隶回答。

糊涂县官叫皂隶急去叫回张才。

张才问糊涂县官："老爷，你又给我一个老婆？"

"呔！今有紧急公文，差你往山东投递。"糊涂县官说完，又补上一句，"你如不去，打你二十，将周腊梅再赶入妓院。"

"小人愿去。"张才应道，随后出衙而去。

糊涂县官退衙。

王书吏见糊涂县官将周腊梅配给张才，又见张才被糊涂县官支去山东投书，便趁机要讨周腊梅便宜，特地来到张才家敲门。

周腊梅在门内问:"是哪个?"打开门,见是王书吏,忙说:"原来是王相公。太爷把我配给张才了,如今我不干皮肉生活了。"

"我晓得。太爷已派张才去山东公干了,我只来这一次,以后不来了。"王书吏涎皮笑脸地说。

周腊梅无法,只得让王书吏进屋。王书吏又要动手动脚,嘴上却说:"周大姐,今夜你独自一人,无人陪你,我和你做伴。"

"多谢王相公。只是我刚到这里,连茶也没准备,无物相奉。"周腊梅道。

王书吏请周腊梅唱小曲,周腊梅便唱了一首。

忽听一阵敲门声,一个男人在门外叫:"开门,开门。"

周腊梅壮着胆子问:"你是谁?"

"是我。"门外男人答道。

"你是哪个?"周腊梅又问。

"我是县太爷衙役。"门外男人说。

周腊梅对王书吏说:"王相公,不好了!衙役来了。"

王书吏一听此言,吃了一惊,呆呆地望着周腊梅:"衙役来了,他认识我,怎么办?"

周腊梅把王书吏拉到灶前,用手指一指,说:"王相公,你且到灶里躲一躲。"

王书吏无奈,只得将双脚伸进灶洞,使劲儿朝里挤,只露出个头在外面。

周腊梅开门，见衙役，问："四老爷为何到此？"

衙役乖巧，随声应答："我巡更到此，特来看看你。"

周腊梅见衙役来意不善，便支吾道："四老爷，天冷得很，弄些热酒给你暖身才是，只是我才到这里，没预备酒，多多得罪。"

衙役从身上取出一壶酒和两个酒盏，与周腊梅对饮起来，又请她唱曲助兴。

周腊梅便唱《西调寄生草》：

老面皮！不想你是个什么东西！嚼舌根，讨我的便宜！且照管自己的妻。和尚道士，还有那些小魔子，走来走去在你门前嬉，看你的娇妻，燥他的皮！乌龟号，只怕今朝轮到你；乌龟号，今朝只怕轮到你！

衙役听得欢喜，又听到敲门声。

周腊梅问："是哪个？"

"不论哪个，说我在此，谁还敢来？"门外男人手执灯笼回答。

周腊梅又问："你到底是谁？"

"我是糊涂县官。你快开门！"糊涂县官在门外不耐烦地说。

衙役听见是糊涂县官来到,惊得从凳上跌倒,眼巴巴望着周腊梅,问:"有没有后门?"

"没有后门。这儿有个面缸,你就躲在里面吧。"周腊梅让衙役躲进面缸,然后去开门。

糊涂县官进门,从袖中掏出一块胭脂和一双大红鞋,交给周腊梅:"这都是我夫人的,我偷来送你。"

"多谢太爷。"周腊梅说着,斟上衙役带来的酒,递给糊涂县官。

糊涂县官边喝酒,边听周腊梅唱小曲,好不自在!

偏偏此时又响起敲门声,原来张才走到半路,心中放心不下周腊梅,便折回家中。

周腊梅问:"是哪个?"

"我是张才。"张才在门外应道。

糊涂县官惊慌失措,浑身筛糠。

周腊梅指着床下,糊涂县官只得钻入床下。

周腊梅开门,张才手拿一壶酒进来。

张才把酒递给周腊梅:"你去烫一烫。"

"冷喝吧。"周腊梅不接,站在一边。

"我自去烫酒。"张才走到了灶边,就要点火,却见灶君老爷显灵,仔细一瞧,才发现是王书吏,便问,"你是王书吏,来这做什么?"王书吏从灶中爬出,说:"我来与你送行。"

"你送行到灶里去？"张才讽刺王书吏。

王书吏接口说："我见你家灶里灰多，来替你爬灰。"

张才听见"爬灰"二字，怒气冲冲，拿住一根棍子就朝王书吏打过去，王书吏躲过。张才一棍子打在面缸上，面缸豁了一个大口，衙役从中钻出。

张才吃了一惊，忙问："四老爷，你为何在此？"

"我来查夜。"衙役狡辩，"太爷也在此。"

"怎么，县太爷也在此？糊涂县官快出来，否则我要用棍打了。"张才举起棍子朝四处戳去。

糊涂县官从床底爬出。张才问他："太爷为何到此？"

糊涂县官答："我来寻你。"

"我扯你们到公堂去。"张才拉着糊涂县官就往外走。

糊涂县官、王书吏、衙役忙向张才告饶："你不要喊，我们三个凑银子给你。"三人摸摸身上，分文没有。张才气恼，举棍又要打。糊涂县官只得脱下官服权做抵押，与王书吏、衙役灰溜溜地离开。

张才与周腊梅上床成亲。这才是：

灶膛烧出王书吏，面缸里打出四爷来。
清官难断家务事，床底下请出县官来。